डॉ. श्रीप्रसाद

प्रख्यात बाल साहित्यकार श्रीप्रसाद का जन्म 5 जनवरी, 1932 को आगरा, उत्तर प्रदेश में हुआ था। उन्होंने बच्चों के लिए पाँच सौ से अधिक कहानियों और पाँच हजार से अधिक कविताओं व नाटकों का सृजन किया। बांग्ला, अंग्रेजी और उर्दू से अनेक कविताओं तथा कहानियों के अनुवाद भी किए। उनकी प्रमुख कृतियाँ हैं–'मेरा साथी घोड़ा', 'खिड़की से सूरज', 'आ री कोयल', 'तक धिनाधिन', 'गुड़िया की शादी', 'गीत ज्ञान विज्ञान के' (बाल काव्य-संग्रह); 'रेल की सीटी', 'पिकनिक और अन्य कहानियाँ', 'कागज की नाव', 'समय के पंख', 'बेताल पचीसी' (बाल कहानी-संग्रह); 'कृष्ण कथा', 'गुड्डे का जन्मदिन', 'एक थाल मोती से भरा', 'ढोल बजा', 'पंचतंत्र के नाटक' (बाल नाटक-संग्रह); 'शाबाश श्यामू', 'अंतू की आत्मकथा' (बाल उपन्यास); 'बनारस से बल्गारिया : मेरी डायरी' (यात्रा-वृत्तांत)। उत्तर प्रदेश हिन्दी संस्थान के 'बाल साहित्य भारती सम्मान' सहित अन्य कई पुरस्कारों से सम्मानित।

निधन : 12 अक्टूबर, 2012; वाराणसी।

बेताल पचीसी

डॉ. श्रीप्रसाद

राधाकृष्ण पेपरबैक्स

पहला पुस्तकालय संस्करण
राधाकृष्ण प्रकाशन प्राइवेट लिमिटेड द्वारा
2004 में प्रकाशित

राधाकृष्ण पेपरबैक्स में
पहला संस्करण : 2022
दूसरा संस्करण : 2024

राधाकृष्ण पेपरबैक्स : उत्कृष्ट साहित्य के जनसुलभ संस्करण

राधाकृष्ण प्रकाशन प्राइवेट लिमिटेड
जी-17, जगतपुरी, दिल्ली-110 051
द्वारा प्रकाशित

शाखाएँ : अशोक राजपथ, साइंस कॉलेज के सामने, पटना-800 006
पहली मंजिल, दरबारी बिल्डिंग, महात्मा गांधी मार्ग, प्रयागराज-211 001
1, अनमोल सोराबजी संतुक लेन, धोबी तलाव, मरीन लाइंस, मुम्बई-400 002
वेबसाइट : www.radhakrishnaprakashan.com
ई-मेल : info@radhakrishnaprakashan.com

बी.के. ऑफसेट
नवीन शाहदरा, दिल्ली-110 032
द्वारा मुद्रित

मूल्य : ₹ 199

BETAL PACHISI
by Shriprasad

ISBN : 978-93-91950-10-1

क्रम

बेताल और राजा त्रिविक्रमसेन

गोदावरी नदी के किनारे प्रतिष्ठान नामक एक नगर था, जहाँ राजा त्रिविक्रमसेन राज्य करते थे। विक्रमसेन के पुत्र त्रिविक्रमसेन बड़े यशस्वी और पराक्रमी थे।

राजा त्रिविक्रमसेन जब राजसभा में आते तो एक भिक्षु रोज आकर उन्हें एक फल भेंट करता। राजा उस फल को अपने कोषाध्यक्ष को दे देते।

भिक्षु पूरे दस वर्ष तक राजा को ऐसे ही फल भेंट करता रहा।

एक दिन जब भिक्षु ने राजा को फल दिया तो राजा ने फल बन्दर के एक बच्चे के सामने फेंक दिया। बन्दर का बच्चा पालतू था जो किसी प्रकार राजसभा में आ गया था। बन्दर के बच्चे ने फल खाने के लिए जैसे ही उसमें दाँत गड़ाए कि उसमें से एक बड़ा-सा रत्न निकला। राजा त्रिविक्रमसेन आश्चर्य में पड़ गए। उन्होंने अब तक जो फल दिए थे, उनके विषय में पता लगवाया। कोषाध्यक्ष इन फलों को बिना देखे खिड़की से भंडारगृह में फेंक देता था। इसीलिए वह डरते हुए बोला—"महाराज, फल

तो भंडारगृह में सड़ चुके हैं और भंडारगृह रत्नों से जगमगा रहा है।''

दूसरे दिन वही भिक्षु जब फल भेंट करने आया तो राजा ने फल भेंट करने का कारण पूछा। भिक्षु ने कहा—''महाराज, मैं एक मन्त्र सिद्ध करना चाहता हूँ। उसमें आपकी सहायता चाहता हूँ।'' इसी से मैं आपको हर रोज एक फल भेंट करता हूँ।

मैं आपकी सहायता करूँगा, राजा ने कहा। तब भिक्षु फिर बोला—आगामी कृष्ण चतुर्दशी को आप श्मशान पर आ जाइए। क्षान्तिशील नाम का वह भिक्षु इतना कहकर चला गया।

निश्चित दिन राजा ने नीले कपड़े पहने, माथे पर चन्दन लगाया और हाथ में तलवार लेकर श्मशान पर पहुँच गए।

श्मशान भयंकर अन्धकार में डूबा हुआ था। वहाँ चिताएँ जल रही थीं। चारों ओर कंकाल, खोपड़ियाँ और हड्डियाँ बिखरी हुई थीं। भैरव, भूत और बेताल नाच रहे थे। सियार डरावनी आवाजों में बोल रहे थे। पर राजा निडर थे। उन्होंने भिक्षु को ढूँढ़ा। वह एक बरगद के नीचे चौक पूर रहा था। राजा ने उसके पास जाकर कहा—मैं आ गया हूँ। आज्ञा कीजिए।

भिक्षु बोला—आप यहाँ से दक्षिण की ओर जाइए। वहाँ शीशम का एक पेड़ है। शीशम पर एक मृत व्यक्ति का शव लटका है। आप पेड़ पर से शव को उतारकर ले आइए।

राजा त्रिविक्रमसेन उस भयानक वातावरण में शीशम के पेड़ के पास पहुँचे। पेड़ पर चढ़कर उन्होंने डोरी काट दी। शव नीचे गिरा। पर नीचे गिरते ही शव से एक चीख निकली। राजा ने सोचा शव में प्राण है। वे उसे सहलाने लगे। तब शव जोर से हँसा। राजा समझ गए कि शव में बेताल है। इसलिए उन्होंने कहा—हँसो मत, चलो, हम लोग चलें।

पर बेताल फिर पेड़ पर चढ़ गया। राजा पेड़ पर से शव को उतारकर फिर नीचे लाए। वीर पुरुष हिम्मत नहीं हारते। राजा ने शव को कन्धे पर रखा और चल पड़े।

कन्धे पर सवार बेताल बोला—राजन, रास्ता काटने के लिए मैं एक कहानी कहता हूँ। सुनिए।

राजा चलते जाते और बेताल कहानी कहता जाता।

अपराध किसका

गंगा नदी के किनारे वाराणसी नाम का एक नगर है। यहाँ प्राचीन काल में प्रतापमुकुट नाम का एक राजा राज्य करता था। अपने बल से उसने सभी शत्रुओं को समाप्त कर दिया था।

प्रतापमुकुट के पुत्र का नाम था वज्रमुकुट। वज्रमुकुट बहुत सुन्दर था। मन्त्री का ज्ञानी पुत्र बुद्धिशरीर उसका घनिष्ठ मित्र था। राजकुमार वज्रमुकुट अपने मित्र को अपने शरीर से भी अधिक चाहता था।

एक बार राजकुमार शेर का शिकार करते हुए अपने मित्र के साथ वन में बहुत दूर चला गया। यह वन बड़ा सुन्दर था। वन में कोयल गीत गा रही थी और पेड़ अपने बौर से जैसे चँवर डुला रहे थे। वहाँ एक तालाब भी था, जिसमें कमल खिले थे।

तालाब में एक षोडशी अपनी सहेलियों के साथ स्नान करने आई। षोडशी की आँखें नीलकमल के समान थीं और मुख चन्द्रमा से भी अधिक सुन्दर था। राजकुमार षोडशी को देखते ही मोहित हो गया। षोडशी भी

राजकुमार को अपना हृदय दे बैठी। अपना परिचय देने के लिए षोडशी ने एक कमल (उत्पल) कान पर रखा, दाँतों को खुरचा, दूसरा कमल (पद्म) कान में खोंसा और हाथ को सीने पर ले गई। राजकुमार इन संकेतों को जरा भी नहीं समझ पाया, पर मन्त्री का पुत्र सब कुछ समझ गया। मन्त्री के ज्ञानी पुत्र ने संकेतों का अर्थ बताया—कान पर कमल (उत्पल) रखने का तात्पर्य है कि वह राजा कर्णोत्पल के राज्य में रहती है। दाँतों को खुरचने का यह अर्थ है कि वह वहाँ के दन्त चिकित्सक की पुत्री है और कान में कमल (पद्म) खोंसने का अर्थ है कि उसका नाम पद्मावती है। षोडशी के सीने पर हाथ ले जाने का अर्थ यह है कि उसने तुम्हें अपना हृदय सौंप दिया।

राजकुमार कलिंग के राजा कर्णोत्पल के दन्त चिकित्सक संग्रामवर्धन की पुत्री का यह परिचय पाकर खुश हुआ। शिकार के बहाने वह महल से निकला और मन्त्रीपुत्र को लेकर षोडशी को पाने के लिए चल पड़ा।

कलिंग पहुँचकर दोनों ने दन्त चिकित्सक का पता लगाया और तब दोनों षोडशी के घर के पास ही एक बुढ़िया के घर में टिक गए।

यह बुढ़िया दन्त चिकित्सक संग्रामवर्धन के घर की दाई थी। बूढ़ी होने के कारण उसे पद्मावती की सेवा में रख दिया गया था। बुढ़िया ने कहा—मैं पद्मावती के पास हमेशा नहीं जा पाती, क्योंकि मेरे पास जाने लायक कपड़े नहीं रहते। मेरा लड़का जुआड़ी है जो मेरे कपड़े ले जाता है।

राजकुमार ने यह सुनकर बुढ़िया को दुपट्टा आदि कपड़े दिए और कहा—तुम मेरी माँ हो। मेरा एक काम कर दो। पद्मावती के पास जाकर तुम उसे यह सूचना दे दो कि जिस राजकुमार को तुमने तालाब के किनारे देखा था, वह यहीं आया हुआ है।

बुढ़िया राजकुमार की बात मानकर पद्मावती के पास गई और शीघ्र ही वापस आकर उसने राजकुमार और मन्त्रीपुत्र से कहा—मैंने गुप्त रूप से जब तुम लोगों की बात उसे बताई तो वह मुझ पर बहुत नाराज हुई और कपूर लगे अपने दोनों हाथों से मेरे गालों पर थप्पड़ मारे। उसकी उँगलियों के निशान अभी भी मेरे गालों पर हैं।

राजकुमार पद्मावती के इस व्यवहार को बिलकुल न समझ सका। तब मन्त्री पुत्र ने उसे समझाया कि कपूर से उजली दस अँगुलियों से मारकर उसने संकेत दिया है कि शुक्ल पक्ष की दस चाँदनी रात तक मिलना उचित

नहीं है।

जब दस दिन बीत गए तब फिर बुढ़िया को पद्मावती के पास भेजा गया। पद्मावती ने बुढ़िया को फिर भला-बुरा कहा और महावर लगी अपनी तीन उँगलियों से बुढ़िया की कंचुकी पर तीन चिह्न बना दिए। मन्त्री पुत्र ने इसका तात्पर्य बताया कि पद्मावती तीन दिन तक रजस्वला रहेगी।

तीन दिन बाद बुढ़िया फिर गई। अबकी पद्मावती ने उसकी अच्छी तरह आवभगत की और दिन-भर अपने पास रखा। जब रात को चलने का समय आया तो बाहर एक पागल हाथी का शोरगुल सुनाई पड़ा। पद्मावती ने बुढ़िया से कहा कि बाहर पागल हाथी ने रास्ता रोक रखा है, इसलिए दासियाँ तुमको रस्सियों से बँधी एक सीढ़ी पर बैठाकर बगीचे में उतार देंगी। वहाँ से तुम पेड़ों के सहारे चहारदीवारी फाँदकर सड़क पर पहुँच जाना और फिर घर चली जाना।

घर पहुँचकर बुढ़िया ने राजकुमार और मन्त्री पुत्र को सारी बातें बताईं। मन्त्री पुत्र ने राजकुमार से कहा—पद्मावती ने बगीचे के रास्ते से आने का संकेत किया है।

राजकुमार संकेत मार्ग से बगीचे में पहुँचा। वहाँ खिड़की के नीचे रस्सियों से बँधी एक सीढ़ी लटक रही थी। जैसे ही राजकुमार सीढ़ी पर बैठा, दासियों ने उसे ऊपर खींच लिया।

राजकुमार ने पद्मावती को और पद्मावती ने राजकुमार को देखा। राजकुमार रूपसी पद्मावती को देखकर बड़ा प्रसन्न हुआ। पद्मावती ने भी हर प्रकार से राजकुमार का आदर-मान किया। राजकुमार ने उससे गन्धर्व विवाह कर लिया और कई दिन तक वहाँ छिपकर रहा। अन्त में एक दिन उसने कहा—मेरे साथ मेरा मित्र भी है, जो मन्त्री पुत्र है। वह दाई के घर रह रहा है। मैं उसे समझाने-बुझाने के लिए जाना चाहता हूँ। जल्दी ही वापस आ जाऊँगा।

यह सुनकर पद्मावती ने राजकुमार से पूछा—मेरे संकेतों का अर्थ आप लगाते थे या मन्त्री पुत्र ? राजकुमार ने स्पष्ट बता दिया कि उसके संकेतों का अर्थ मन्त्री पुत्र ही लगाता था, वह तो संकेतों को बिलकुल ही नहीं समझ पाता था। तब पद्मावती बोली—संकेत समझने की यह बात आपने बड़ी देर से बताई। मन्त्री पुत्र मेरा भाई हुआ। मुझे पहले ही उसका सम्मान करना

चाहिए था। यह कहकर पद्मावती ने राजकुमार को जाने दिया।

राजकुमार ने मित्र के पास आकर उसे सारी बातें बताईं। रात बातों में ही बीत गई।

सवेरा होने पर जब वे सन्ध्या-पूजा आदि के बाद बातें कर रहे थे, तभी एक दासी मन्त्री पुत्र के लिए पकवान लेकर आई। उसने आते ही राजकुमार से कहा--"स्वामिनी भोजन के लिए आपका इन्तजार कर रही है।" यह कहकर और मन्त्री पुत्र के लिए भोजन की सामग्री रखकर वह चली गई।

जब राजकुमार ने उसी पकवान को खाना चाहा तो मन्त्री पुत्र ने रोक दिया और कहा--एक तमाशा देखो और उसने जरा-सा पकवान कुत्ते के आगे डाला। कुत्ता पकवान खाते ही मर गया। राजकुमार को बड़ा आश्चर्य हुआ। मन्त्री पुत्र ने उसे बताया--मैं सारे संकेत समझता हूँ, इसलिए मुझे समाप्त करने के उद्‌देश्य से यह विष मिला पकवान मेरे पास भेजा गया है। पद्मावती चाहती है कि तुम सिर्फ उसी को प्रेम करो। उसको डर है कि कहीं तुम उसे छोड़कर न चले जाओ। लेकिन तुम उस पर क्रोध मत करना और उसे यह प्रेरणा देना कि वह अपने माता-पिता को छोड़कर तुम्हारे साथ चल दे। इसके बाद फिर मैं जो बताऊँ, उसके अनुसार तुम काम करना।

राजकुमार ने अपने मित्र की बहुत प्रशंसा की और कहा--वास्तव में जैसा तुम्हारा बुद्धिशरीर नाम है, तुम वैसे ही हो।

इसी समय लोगों के रोने-चिल्लाने की आवाज आई--हाय, हाय, राजा के बेटे की मृत्यु हो गई। मन्त्री पुत्र यह सुनकर बड़ा प्रसन्न हुआ। उसने कहा--तुम आज रात को पद्मावती के पास जाना और उसे इतनी मदिरा पिला देना कि वह होश खो बैठे। तब त्रिशूल गर्म करके उसे जाँघ के पास दाग देना और उसके सारे गहने लेकर मेरे पास चले आना।

रात होने पर राजकुमार पद्मावती के पास गया और काम पूरा करके तथा गहने लेकर आ गया।

सवेरा होने पर श्मशान में जाकर मन्त्री पुत्र ने तपस्वी का वेश बनाया और राजकुमार को शिष्य बना लिया। फिर गहनों में से मोतियों की एक माला राजकुमार को देकर उससे कहा--इस माला को तुम बाजार में बेचने के लिए ले जाओ। पर वहाँ इसका इतना दाम बताना कि कोई खरीद न सके। तुम माला को लेकर इस तरह बाजार में घूमना कि सब लोग देख

लें। अगर रक्षक तुम्हें पकड़ें तो कह देना कि मुझे यह माला मेरे गुरु ने बेचने को दी है।

राजकुमार माला लेकर बाजार गया। दन्त चिकित्सक की पुत्री के गहनों की तलाश में रक्षक पहले से ही वहाँ घूम रहे थे। उन्होंने राजकुमार को पकड़ लिया और नगरप्रमुख के पास ले गए। नगरप्रमुख ने तपस्वी जानकर उससे आदर से पूछा--भगवान, आपको यह मोतियों की माला कहाँ मिली ? रात में दन्त चिकित्सक की पुत्री के गहने चोरी हो गए हैं ?

मुझे यह माला मेरे गुरु ने दी है। आप उन्हीं से इसके विषय में पूछिए, राजकुमार ने उत्तर दिया।

नगरप्रमुख तपस्वी बने मन्त्रीपुत्र के पास गया। माला के विषय में पूछने पर तपस्वी बना मन्त्रीपुत्र बोला—मैं तपस्वी हूँ। जंगलों में रहता हूँ। कल यहाँ आकर श्मशान में टिक गया हूँ। यहाँ रात को योगिनियाँ आईं। उनमें एक योगिनी एक राजकुमार को लाई। उसने राजकुमार का हृदय निकाला और भैरव को दे दिया। फिर शराब के नशे में वह योगिनी मुझे चिढ़ाने लगी और मेरी जप करने की रुद्राक्ष की माला लेने दौड़ी। मुझे क्रोध आ गया। मन्त्रबल से मैंने आग जलाई और त्रिशूल गर्म करके उसे दाग दिया। उसी समय उसके गले से मैंने मोतियों की यह माला उतार ली। पर यह माला मेरे किसी काम की नहीं। इसी से मैं इसे बेचना चाहता हूँ।

नगरप्रमुख सारी बात सुनकर राजा के पास गया और उसे इस विषय में बताया। राजा ने मोतियों की माला पहचान ली। उसने एक विश्वासपात्र बुढ़िया से इसका पता लगवाया तो मालूम हुआ कि पद्मावती की जाँघ के पास त्रिशूल का चिह्न है। राजा को विश्वास हो गया कि पद्मावती डाकिनी है और वही उसके पुत्र को मारकर खा गई है। तपस्वी से राय लेकर उसने पद्मावती को घर से निकलवा दिया। माता-पिता ने बड़े दुःख के साथ पद्मावती को घर से दूर किया।

पद्मावती ने यह सोचकर कि यह सब मन्त्रीपुत्र ने किया होगा, आत्महत्या नहीं की। शाम को राजकुमार और मन्त्रीपुत्र घोड़ों पर सवार होकर दुखी पद्मावती के पास आए और समझा-बुझाकर अपने देश ले गए। राजकुमार आनन्दपूर्वक पद्मावती के साथ रहने लगा।

दन्त चिकित्सक ने यह सोचकर कि उसकी पुत्री को जंगली जानवर

खा गए होंगे, आत्महत्या कर ली। पुत्री के शोक में उसकी माँ भी समाप्त हो गई।

कहानी सुनाकर बेताल ने राजा त्रिविक्रमसेन से पूछा—राजन, यह बताइए कि पति और पत्नी की मृत्यु का पाप किसे लगेगा—मन्त्रीपुत्र को, राजकुमार को या पद्मावती को ? यदि जानते हुए भी आपने सही उत्तर न दिया तो मेरे शाप से आपके सिर के सौ टुकड़े हो जाएँगे।

राजा ने बेताल के प्रश्न का उत्तर दिया—इसमें उन तीनों में से किसी को भी पाप नहीं लगेगा। केवल कर्णोत्पल पाप का भागीदार होगा। मन्त्रीपुत्र ने तो अपने स्वामी का कार्य किया है। इसलिए उसका कोई अपराध नहीं है। राजकुमार और पद्मावती कामासक्त थे। इसलिए उनका भी अपराध नहीं है। पर राजा ने नीति का ध्यान नहीं दिया। प्रजा से भी उसने झूठ-सच की जानकारी नहीं ली। वह न चालाक लोगों के चरित्र को समझता है और न उनके संकेतों को। राजा अविवेक से काम करता है। इसलिए वही अपराधी हुआ।

राजा की युक्तिपूर्ण बातें सुनकर बेताल उसके कन्धे से उतरा और कहीं गायब हो गया। राजा उसे ढूँढ़ने चल पड़े।

पति कौन

राजा त्रिविक्रमसेन शीशम के पेड़ के पास फिर गए। उन्होंने वहाँ देखा कि शव के रूप में बेताल जमीन पर पड़ा है। उन्होंने बेताल को जमीन पर से उठाकर कन्धे पर रखा और चुपचाप चलने लगे।

बेताल कन्धे पर से बोला—राजन, आप बहुत कष्ट उठा रहे हैं। इसलिए मैं आपके मनोरंजन के लिए एक कहानी कहता हूँ और बेताल ने कहानी शुरू की—जमुना के किनारे ब्रह्मस्थल नाम का एक स्थान है। यह स्थान ब्राह्मणों को दान में प्राप्त हुआ है।

वेदों का ज्ञाता अग्निस्वामी ब्राह्मण इसी स्थान पर रहता था। उसको एक पुत्री हुई। वह अत्यन्त सुन्दर थी। उसका नाम था मन्दारवती।

मन्दारवती जब बड़ी हुई तो उससे विवाह करने के लिए तीन ब्राह्मण युवक आए। तीनों अत्यन्त गुणी थे और तीनों में से प्रत्येक मन्दारवती से विवाह करना चाहता था। पर अग्निस्वामी ने किसी से भी अपनी सुन्दर पुत्री का विवाह नहीं किया, क्योंकि ऐसा करने से अन्य दो युवकों की मृत्यु का

वह कारण बनता। इस प्रकार मन्दारवती कुँवारी ही रही।

तीनों ब्राह्मण युवक वहीं रहने लगे, वे उसे ऐसे देखते रहते जैसे चन्द्रमा को चकोर पक्षी टकटकी लगाकर देखता है।

एक बार मन्दारवती बीमार पड़ी और उसकी मृत्यु हो गई। उसकी मृत्यु से तीनों बड़े दुखी हुए। वे उसे सजाकर श्मशान ले गए, जहाँ उसका दाह संस्कार किया।

दुखी युवकों में से एक उसकी चिता की भस्म पर ही कुटिया बनाकर रहने लगा। दूसरा उसकी हड्डियाँ गंगा में प्रवाहित करने के लिए ले गया और तीसरा साधु बनकर देश-देशान्तर में घूमने निकल गया।

घूमते-घूमते तीसरा युवक एक गाँव में पहुँचा और एक ब्राह्मण के यहाँ ठहरा। ब्राह्मण ने उसका आदर किया।

ब्राह्मण के यहाँ जब वह भोजन कर रहा था, तभी एक बालक जोर से रोने लगा। जब समझाने-बुझाने पर बालक नहीं माना तो ब्राह्मणी ने क्रोधित होकर उसे उठाया और आग में फेंक दिया। बालक जलकर राख हो गया।

युवक इस दृश्य को देखकर घबड़ा उठा। वह चिल्लाने लगा—मैं ब्रह्मराक्षस के यहाँ आ गया हूँ। मैं इसका अन्न ग्रहण नहीं करूँगा।

ब्राह्मण बोला—मैं एक ऐसा मन्त्र जानता हूँ जिससे मरा हुआ प्राणी जिन्दा हो जाए। यह कहकर वह एक पुस्तक लाया, जिसमें मन्त्र लिखा हुआ था और उसने मन्त्र पढ़कर आग में धूल डाली। बालक जीवित होकर आग से बाहर आ गया। युवक का चित्त शान्त हुआ और उसने भोजन किया।

ब्राह्मण ने पुस्तक को कपड़े में बाँधकर खूँटी से टाँग दिया और भोजन करके सो गया।

रात में युवक उठा और अपनी प्रिया को मन्त्र से जीवित करने के लिए पुस्तक लेकर चल पड़ा। वह उस स्थान पर आया, जहाँ मन्दारवती की भस्म पड़ी थी, जिस पर अन्य युवक कुटिया बनाकर रह रहा था। वहीं उसे वह युवक भी मिला जो गंगा में हड्डियाँ प्रवाहित करने के लिए ले गया था।

साधु युवक ने भस्म पर से कुटिया हटवाई और मन्त्र पढ़कर भस्म पर धूल डाली। धूल पड़ते ही मन्दारवती जीवित हो उठी।

सुन्दरी मन्दारवती के जीवित होते ही तीनों युवक उसे पाने के लिए झगड़ने लगे। एक बोला—मैंने इसे मन्त्र के बल से जीवित किया है, इसलिए

यह मेरी पत्नी हुई। दूसरा बोला, यह तीर्थ के प्रभाव से जीवित हुई है, इसलिए यह मेरी पत्नी है। तीसरे ने कहा—इसकी भस्म के पास रहकर अपनी तपस्या से मैंने इसे जीवित किया है, अतः मेरी पत्नी है।

इतनी कहानी सुनाकर बेताल बोला—राजन, अब आप बताइए कि वास्तव में वह किसकी पत्नी हुई ? यदि जानते हुए भी आपने नहीं बताया तो आपके सिर के टुकड़े-टुकड़े हो जाएँगे।

राजा ने उत्तर दिया—जिसने मन्त्रबल से मन्दारवती को जीवन दिया, वह पति नहीं, पिता होगा। और जो युवक अस्थियाँ लेकर प्रवाहित करने गया, वह पुत्र होगा। वह भी पति नहीं होगा। पर जो युवक श्मशान में मन्दारवती की भस्म को अपने सीने से लगाए रहा, भस्म पर कुटिया बनाकर रहा, वही मन्दारवती का पति होगा। उसी ने सच्चे प्रेम का परिचय दिया और पति जैसा आचरण किया।

अपना मौन तोड़कर जैसे ही त्रिविक्रमसेन ने यह युक्तिपूर्ण उत्तर दिया, बेताल उनके कन्धे पर से फिर अपनी जगह चला गया। राजा ने फिर उसको लेकर चलने का संकल्प किया।

दुष्ट कौन–स्त्रियाँ या पुरुष

राजा त्रिविक्रमसेन फिर शीशम के पेड़ के पास गए और बेताल को कन्धे पर रखकर चल पड़े। बेताल बोला–रात के समय बार-बार आने-जाने में आप घबड़ाते नहीं, यह आश्चर्य की बात है। पर अब अपना मन बहलाने के लिए एक कहानी सुनिए और बेताल ने फिर कहानी सुनाई।

प्राचीन समय में पाटलिपुत्र में विक्रम केसरी नाम का एक गुणी राजा रहता था। उसके पास एक तोता था। तोते को शाप के कारण यह जीवन मिला था, अन्यथा वह सभी शास्त्रों का ज्ञाता और बड़ा विद्वान था। उसका नाम विदग्ध चूड़ामणि था। राजा ने इसी तोते से राय लेकर अपने ही समान कुल की मगध की राजकुमारी चन्द्रप्रभा से विवाह किया था।

जिस प्रकार राजा के पास विद्वान तोता था, वैसे ही राजकुमारी के पास सोमिका नाम की विदुषी मैना थी। तोता और मैना, दोनों एक ही पिंजरे में रहते थे।

एक दिन तोते ने मैना से कहा–सुन्दरी सोमिका, तुम मेरे ही आसन

पर बैठा करो, मेरे ही साथ भोजन किया करो—तुम मेरी ही हो जाओ।

मैना ने उत्तर दिया—मैं पुरुष के साथ नहीं रहना चाहती। पुरुष दुष्ट और कृतघ्न होते हैं।

तोते ने इसका विरोध किया—पुरुष नहीं, स्त्रियाँ ही दुष्ट और क्रूर होती हैं। दोनों में इस विषय को लेकर झगड़ा होने लगा।

मामला राजा के दरबार में गया। तय हुआ कि दोनों अपनी-अपनी बात सिद्ध करने के लिए प्रमाण देंगे। यदि मैना की बात झूठ निकली तो वह तोते से विवाह कर लेगी और तोते की बात झूठ हुई तो वह मैना का दास हो जाएगा। इसके लिए दोनों ने एक-एक कहानी सुनाई। पहले मैना ने कहानी सुनाई—किसी समय कामन्दिका नामक नगरी में अर्थदत्त नामक एक धनी व्यापारी रहता था। उसका पुत्र था धनदत्त जो पिता के मरने पर उच्छृंखल हो गया। युवक धनदत्त ने धूर्तों की संगति में पड़कर जुआ आदि में सारा धन उड़ा दिया।

जब सारी सम्पत्ति समाप्त हो गई तो वह परदेश के लिंए चल पड़ा और चन्दनपुर नाम के एक गाँव में पहुँचा। वहाँ वह एक व्यापारी के घर टिका। व्यापारी ने उसका आदर किया और उसे कुलीन समझकर अपनी पुत्री रत्नावली का उसके साथ विवाह कर दिया। उसने धनदत्त को खूब धन भी दिया।

धन पाकर धनदत्त अपनी पुरानी दशा भूल गया। उसे फिर जुआ आदि व्यसन याद आने लगे। वह अपने देश चलने को तैयार हो गया। रत्नावली अपने पिता की अकेली सन्तान थी। इसलिए पिता अपनी पुत्री को अपने से अलग नहीं करना चाहता था। पर धनदत्त के बहुत आग्रह करने पर उसने एक बुढ़िया के साथ रत्नावली को विदा कर दिया। गहनों से सजी रत्नावली पति के घर चल पड़ी।

रास्ते में एक जंगल पड़ा। व्यसनी धनदत्त ने चोरों का भय दिखाकर रत्नावली के सारे गहने उतरवाकर अपने कब्जे में किए और दोनों को एक खन्दक में धकेल दिया। खन्दक में गिरते ही बुढ़िया तो मर गई, पर रत्नावली बच गई।

रोते-कलपते रत्नावली अपने पिता के घर पहुँची। पूछने पर उसने बताया कि रास्ते में डाकुओं ने उसे लूट लिया और उसके पति को बाँधकर ले गए।

बुढ़िया को उन्होंने मार डाला।

पिता ने रत्नावली को ढाँढ़स बँधाया। रत्नावली अपने पिता के घर रहने लगी।

धनदत्त ने अपने देश पहुँचकर सारा धन जुए में उड़ा दिया। तब उसने फिर ससुराल जाकर ससुर से धन लेने की बात सोची और वहाँ जा पहुँचा।

रत्नावली का पिता अपने दामाद को फिर से पाकर बड़ा प्रसन्न हुआ। उसने इस खुशी में एक बड़ा उत्सव किया। धनदत्त सुखपूर्वक फिर अपने ससुर के यहाँ रहने लगा।

पर एक दिन धनदत्त ने बड़ा बुरा काम किया। उसने अपनी पत्नी की हत्या कर दी और उसके सारे गहने लेकर अपने देश चला गया।

पुरुषों की दुष्टता के विषय में मैना की यह कहानी थी। अब तोते ने यह कहानी सुनाई—हर्षवती नाम की नगरी में अग्रदत्त नाम का एक करोड़पति व्यापारी रहता था। उसकी एक पुत्री थी वसुदत्ता जो बड़ी सुन्दर थी और जिसे व्यापारी बहुत चाहता था।

व्यापारी ने ताम्रलिप्ति निवासी एक वणिक पुत्र समुद्रदत्त से अपनी पुत्री का विवाह कर दिया। समुद्रदत्त भी बड़ा सुन्दर और सुशील था और वसुदत्ता को बहुत चाहता था।

एक बार जब समुद्रदत्त अपने घर गया हुआ था, वसुदत्ता ने एक युवक को देखा। वह उसके प्रति आसक्त हो गई। वसुदत्ता युवक से रोज मिलने लगी।

इसी समय उसका पति समुद्रदत्त आया। ससुर को बड़ी खुशी हुई।

दिन हँसी-खुशी में बीता। रात को पति पत्नी दोनों मिले। पर वसुदत्ता तो दूसरे युवक में अनुरक्त थी। इसलिए अपने पति के प्रति उसके हृदय में प्रेम पैदा हुआ ही नहीं। अन्त में थका-माँदा समुद्रदत्त भी सो गया।

रात को सेंध लगाकर घर में चोर आया। तभी वसुदत्ता पति को सोता देखकर उठी और अपने प्रेमी से मिलने चल पड़ी। चोर उसके पीछे-पीछे चल पड़ा।

वसुदत्ता चलते-चलते एक बाग में आई। जब नियत स्थल पर पहुँची तो उसने देखा कि उसका प्रेमी मरा हुआ एक पेड़ से लटका है। रक्षकों ने

उसे चोर समझकर मार डाला था और पेड़ से लटका दिया था।

वसुदत्ता यह देखकर पछाड़ खाकर गिर पड़ी और रोने-बिलखने लगी। फिर उसने अपने प्रेमी के शव को फूलों से सजाया और उसे अपने शरीर से लगाया। पर उस समय शव में बेताल प्रविष्ट हो चुका था, इसलिए उसने उसकी नाक काट ली। वसुदत्ता पीड़ा से घबड़ाकर और भयभीत होकर अपने घर वापस लौट आई।

चोर यह सब देखकर आश्चर्य में पड़ गया। उसने सोचा—स्त्रियों का हृदय कितना भयानक होता है और कितना अन्धकारपूर्ण। यही सोचता हुआ वह फिर उसके पीछे-पीछे चलने लगा। वसुदत्ता अपने घर में आई और रो-रोकर कहने लगी—मुझे इस पतिरूपी दुष्ट शत्रु से बचाओ। इसने मेरी नाक काट ली।

शोरगुल सुनकर घर के सारे लोग जाग गए। समुद्रदत्त को बाँध लिया गया।

मामला राजा के सामने गया और राजा ने समुद्रदत्त की बातें सुने बिना उसे प्राणदंड की सजा दे दी।

जब राजा के आदमी समुद्रदत्त को वध के लिए ले जा रहे थे, चोर उन आदमियों से मिला और बोला—मुझे राजा के पास ले चलो। मैं सारी बातें बता सकता हूँ।

चोर राजा के पास गया और उसने राजा को सारी बात बताई। फिर कहा—यदि विश्वास न हो तो आप स्वयं जाँच कर लीजिए। कटी हुई नाक अब भी शव के मुँह में है।

राजा ने पता लगवाया तो बात सच निकली। उसने दुष्ट पत्नी के कान भी कटवा दिए और देश से निकाल दिया। समुद्रदत्त को छोड़ दिया गया। राजा ने चोर को नगर का प्रधान बना दिया।

कहानी सुनाकर तोते ने कहा—स्त्रियाँ ऐसी दुष्ट और क्रूर होती हैं। उसी समय तोते पर से इन्द्र का शाप हट गया और वह चित्ररथ नाम का गन्धर्व बनकर स्वर्ग चला गया। मैना भी शापमुक्त हो गई और अप्सरा तिलोत्तमा बनकर वह भी स्वर्ग चली गई।

राजा दोनों की कहानी सुनकर कुछ निर्णय न कर सका। बेताल ने कहा—राजन, अब आप बताइए कि दुष्ट स्त्रियाँ होती हैं या पुरुष ? यदि

आपने जानते हुए भी सही उत्तर न दिया तो आपके सिर के सौ टुकड़े हो जाएँगे।

बेताल की बात सुनकर राजा ने कहा—स्त्रियाँ ही दुष्ट होती हैं, पुरुष तो शायद ही कभी दुष्टता करता है।

राजा का उत्तर सुनते ही बेताल कन्धे पर से फिर गायब हो गया और त्रिविक्रमसेन उसको खोजने चल पड़े।

सबसे अधिक वीर कौन

राजा त्रिविक्रमसेन श्मशान में खड़े शीशम के पेड़ के पास फिर गए और बेताल को उठाकर कन्धे पर रखा। जब राजा चलने लगे तो बेताल ने उनके मनोरंजन के लिए फिर एक कहानी सुनाई। कहानी इस प्रकार है :

शोभावती नाम की एक नगरी में शूद्रक नाम का पराक्रमी राजा राज्य करता था। उसके पास वीरवर नाम का एक ब्राह्मण नौकरी के लिए आया।

वीरवर के परिवार में तीन प्राणी थे—उसकी स्त्री धर्मवती, पुत्र सत्ववर और पुत्री वीरवती। इसी प्रकार सेवा करने के लिए भी उसके पास तीन ही साधन थे—कमर में कृपाण, एक हाथ में तलवार और दूसरे में ढाल।

छोटा परिवार होते हुए भी उसने राजा से पाँच सौ दीनार प्रतिदिन के हिसाब से वेतन माँगा। ब्राह्मण को वीर समझकर राजा ने इतना वेतन देना स्वीकार कर लिया। पर राजा को इस बात का आश्चर्य था कि इतने छोटे परिवार के लिए वह इतना धन लेकर क्या करेगा। इसलिए उसने वीरवर के पीछे गुप्तचर लगा दिए।

वीरवर दोपहर तक पहरा देता। फिर घर जाकर अपने वेतन से सौ दीनारें भोजन आदि सामग्री के लिए अपनी पत्नी को दे देता। सौ दीनारों में वह कपड़े, ताम्बूल और श्रृंगार का सामान खरीदता। स्नान के बाद विष्णु और शिव की पूजा में सौ दीनार खर्च करता और दो सौ दीनार ब्राह्मण और गरीबों को दान कर देता।

अपने गुप्तचरों से राजा को जब वीरवर की यह बात मालूम हुई तो उसे बड़ा सन्तोष हुआ।

वीरवर गर्मी, बरसात हर मौसम में कड़ाई से सिंहद्वार पर पहरा देता रहता।

एक दिन रात को यह जानने के लिए कि कौन पहरा दे रहा है, राजा ने आवाज दी—सिंहद्वार पर कौन है ? वीरवर ने उत्तर दिया—मैं पहरा दे रहा हूँ। राजा ने सोचा—वीरवर बड़ा सहसी और कर्तव्यनिष्ठ है। अतः इसे तो कोई बड़ा पद मिलना चाहिए।

एक दिन घनघोर अँधेरी रात में जब जोर से पानी बरस रहा था, राजा ने फिर आवाज लगाई—सिंहद्वार पर कौन है ? वीरवर ने फिर उत्तर दिया—मैं हूँ। राजा ऐसे भयानक समय में भी वीरवर को पहरे पर पाकर चकित रह गया। उसी समय किसी स्त्री के रोने की आवाज आई। स्त्री करुणा के साथ रो रही थी।

राजा ने सोचा—उसके राज्य में तो किसी को कोई कष्ट नहीं है। फिर यह कौन स्त्री रो रही है ? उसने वीरवर से कहा—दूर कोई स्त्री रो रही है। पता लगाओ कि वह कौन है और क्यों रो रही है ?

भयानक रात और बरसात की परवाह किए बिना वीरवर पता लगाने चल पड़ा। राजा भी सहानुभूति तथा कौतूहल के उद्‌देश्य से उसके पीछे-पीछे चलने लगा।

वीरवर नगर के बाहर एक तालाब के किनारे पहुँचा। उस तालाब में एक स्त्री खड़ी होकर रो रही थी—हाय वीर, हाय कृपालु, हाय त्यागी। मैं तुम्हारे बिना कैसे अपना जीवन बिताऊँगी। वीरवर ने उस स्त्री का परिचय और रोने का कारण पूछा। तब वह स्त्री बोली—मैं पृथ्वी हूँ। राजा शूद्रक बड़ा धर्मात्मा है। पर तीसरे दिन उसकी मृत्यु हो जाएगी। फिर ऐसा राजा मुझे कहाँ मिलेगा ? इसी से मैं रो रही हूँ।

क्या इसका कोई उपाय भी है कि ऐसे अच्छे स्वामी की मृत्यु न हो, वीरवर ने उस स्त्री से पूछा।

उपाय है, जिसे तुम जैसा स्वामिभक्त ही कर सकता है। राजभवन के पास ही देवी चंडी का मन्दिर है। यदि तुम देवी के सामने अपने पुत्र सत्ववर की बलि दे दो तो राजा बच सकता है, उस स्त्री ने कहा।

देवि, मैं ऐसा ही करूँगा, वीरवर के इतना कहते ही वह स्त्री लुप्त हो गई। राजा ने छिपकर यह सब देखा और सब कुछ सुना।

वीरवर जल्दी-जल्दी घर आया। राजा छिपकर पीछे-पीछे चल रहा था। घर आकर वीरवर ने अपनी पत्नी को जगाया और सारा वृत्तान्त कहा। राजा की कल्याण कामना के लिए पत्नी तुरन्त तैयार हो गई। उसने कहा--स्वामी का भला अवश्य करना चाहिए।

जब पुत्र को जगाकर वीरवर ने उससे कहा कि राजा की भलाई के लिए देवी उसका बलिदान चाहती हैं तो सत्ववर भी तैयार हो गया। राजा छिपकर सारी बातें सुन रहा था। उसने मन में कहा—इस परिवार के सभी प्राणी एक जैसे वीर हैं।

अपने पुत्र को लेकर वीरवर देवी के मन्दिर में पहुँचा। उसकी पत्नी धर्मवती और उसकी पुत्री वीरवती भी साथ थीं। मन्दिर में पहुँचकर उसने पुत्र को देवी के सामने करके उसका सिर काट दिया और देवी को अर्पित करके कहा—देवि, मेरे पुत्र के बलिदान से राजा जीवित रहें।

भाई की मृत्यु से उसकी बहन वीरवती बहुत दुखी हुई। इसलिए उसने भी रो-रोकर प्राण दे दिए। यह देखकर धर्मवती शोक के समुद्र में डूब गई। वह भी प्राण देने को तैयार हो गई और पुत्र तथा पुत्री को लेकर चिता में जल मरी।

अब वीरवर ने सोचा कि राजा का कल्याण तो हो गया और मैंने जो राजा का अन्ना खाया था, उसे पूरा कर दिया, पर अब मैं भी अपने प्राणों से क्यों मोह करूँ ? फिर जिनके लिए मैं जी रहा था, वही नहीं रहे तो क्यों न अपने भी प्राण त्याग दूँ। ऐसा सोचकर देवी की स्तुति करते हुए उसने भी चंडी के सामने अपने को बलिदान कर दिया।

राजा शूद्रक यह सब देख रहा था। वह दुःख से व्याकुल और आश्चर्यचकित था। ऐसा स्वामिभक्त न उसने कभी देखा था, न ऐसा कभी

सुना था। उसने अपनी तलवार निकाली और देवी के सामने आकर बोला—देवि, मैं आपकी शरण में हूँ। मेरा शीश ग्रहण करें और बदले में इस पूरे स्वामिभक्त परिवार को प्राणदान दें। ऐसा कहकर जैसे ही राजा ने तलवार उठाई कि एक आवाज हुई—राजा, ऐसा मत करो। ब्राह्मण वीरवर अपने पूरे परिवार के साथ फिर जीवित हो जाएगा।

वीरवर पुत्र, पुत्री और पत्नी के साथ फिर जी उठा। राजा छिप गया। उसकी आँखों से प्रसन्नता के आँसू बहने लगे।

अपने और परिवार के पुनर्जन्म पर वीरवर चकित हो उठा। इसे उसने देवी का ही वरदान माना। इसलिए देवी को प्रणाम कर परिवार को लेकर घर आया। सबको घर छोड़कर फिर वह पहरे पर जाकर खड़ा हो गया।

राजा भी आँख बचाकर महल में पहुँचा और ऊपर से आवाज दी—सिंहद्वार पर कौन है ?

मैं हूँ, वीरवर ने उत्तर दिया। फिर वह बोला—आपकी आज्ञा से उस स्त्री को देखने गया था, पर वह तो कहीं चली गई ?

राजा ने सब कुछ अपनी आँखों से देखा था। वह सोचने लगा—गम्भीर पुरुष बड़े धैर्यवान होते हैं। वे अपने असाधारण कार्य की भी चर्चा नहीं करते।

सुबह होने पर राजा ने पूरा वृत्तान्त दरबारियों को बताया। सब सुनकर आश्चर्य में पड़ गए। राजा ने वीरवर और उसके पुत्र को लाट और कर्णाट का राज्य दे दिया।

कहानी सुनाकर बेताल ने कहा—हे राजा, बताओ, इनमें सबसे अधिक वीर कौन है—वीरवर, उसका पुत्र, उसकी पत्नी या राजा शूद्रक ? जानकर भी यदि तुमने ठीक उत्तर न दिया तो तुम्हारे सिर के सौ टुकड़े हो जाएँगे।

राजा त्रिविक्रमसेन ने कहा—राजा शूद्रक ही सबसे अधिक वीर है। वीरवर तो श्रेष्ठ स्वामिभक्त कुल का था। उसकी पत्नी भी कुलीन थी। उसके पुत्र का त्यागी होना स्वाभाविक ही था, क्योंकि जैसा सूत होता है, वैसा ही कपड़ा बनता है। पर शूद्रक ने तो सेवक के लिए प्राण देने की चेष्टा की। इसलिए वही वीर था।

उत्तर सुनकर बेताल फिर गायब हो गया और राजा उसको खोजने चल पड़ा।

सोमप्रभा किसकी

राजा त्रिविक्रमसेन फिर बेताल को शीशम के पेड़ पर से उतार कन्धे पर रखकर चले। बेताल ने कहा–राजन, इतना अधिक कष्ट उठाने के कारण मैं आपको बहुत चाहने लगा हूँ। इसलिए आपके मनोरंजन के लिए मैं एक कहानी कहता हूँ, सुनिए और बेताल ने यह कहानी सुनाई।

उज्जैन में हरिस्वामी नाम का एक गुणी ब्राह्मण रहता था। वह राजा पुण्यसेन का मन्त्री था।

हरिस्वामी को एक गुणी पुत्र हुआ देवस्वामी और एक कन्या सोमप्रभा। सोमप्रभा की सुन्दरता अद्वितीय थी।

सोमप्रभा बड़ी हुई। उसे अपने रूप पर बड़ा अभिमान था। जब विवाह का समय आया तो उसने अपने भाई और पिता, दोनों से ही कहा–यदि आप मुझे चाहते हैं तो मेरा विवाह या तो किसी वीर से करें या किसी ज्ञानी से अथवा किसी ऐसे युवक से जिसे अलौकिक विद्याएँ आती हों। ऐसे युवकों के अतिरिक्त मैं किसी अन्य से विवाह न करूँगी।

पिता अपनी पुत्री के लिए उपयुक्त वर तलाशने लगा। पर तभी राजा ने मन्त्री को दक्षिण के एक राजा के पास सन्धि करने के लिए भेजा, क्योंकि वह राजा लड़ने की तैयारी कर रहा था। वहाँ जब हरिस्वामी ने अपना काम पूरा कर लिया तो एक योग्य ब्राह्मण उसके पास आया। उसने सोमप्रभा से विवाह का प्रस्ताव किया। हरिस्वामी ने उसे बताया कि उसकी पुत्री किस प्रकार के युवक से विवाह करना चाहती है ? उस ब्राह्मण ने कहा—मैं अलौकिक विद्याएँ जानता हूँ और अपनी अलौकिक विद्याओं के बल से उसने एक आकाशगामी रथ का निर्माण कर दिया तथा हरिस्वामी को उस पर बैठाकर स्वर्ग की सैर करा लाया।

हरिस्वामी ने इससे प्रभावित होकर अपनी पुत्री का उस युवक से विवाह करने का वचन दे दिया और सातवें दिन विवाह की तिथि तय कर दी।

इसी प्रकार उज्जैन में एक युवक ने देवस्वामी से सोमप्रभा से विवाह करने का प्रस्ताव किया। देवस्वामी ने उसे बताया कि उसकी बहन तो किसी ज्ञानी, वीर या अलौकिक विद्याएँ जाननेवाले से ही विवाह करेगी। इस पर युवक ने अपनी वीरता का परिचय दिया और देवस्वामी ने विवाह की स्वीकृति दे दी। ज्योतिषियों से पूछकर विवाह की तिथि उसने भी सातवें दिन ही तय कर दी।

सोमप्रभा की माँ ने एक तीसरे युवक को विवाह का वचन दे दिया। यह युवक ज्ञानी था। विवाह की तिथि इस युवक के साथ भी सातवें दिन ही तय हुई।

दूसरे दिन जब हरिस्वामी ने घर आकर सोमप्रभा के विवाह की बात बताई तो उसके पुत्र और पत्नी ने भी विवाह तय करने की बात कही। ब्राह्मण चिन्ता में पड़ गया।

सातवें दिन ज्ञानी, वीर और अलौकिक विद्याओं का जानकार, तीनों युवक विवाह के लिए आ पहुँचे। पर तभी सोमप्रभा एकाएक कहीं गायब हो गई। कोई कुछ भी नहीं जान सका।

अब हरिस्वामी ने ज्ञानी ब्राह्मण से कहा—अपने ज्ञान के बल से बतलाओ कि मेरी पुत्री कहाँ है ? ज्ञानी ब्राह्मण से बता दिया कि सोमप्रभा को धूमशिख नाम का राक्षस विन्ध्याचल के वन में उठा ले गया है।

यह सुनकर पिता बहुत दुखी हुआ। तब अलौकिक विद्याओं के जानकार

ने कहा--आप घबड़ाइए नहीं। मैं अभी आपको वहीं ले चलता हूँ और वह अलौकिक विद्याओं के बल से आकाशगामी रथ पर ज्ञानी तथा वीर को बैठाकर उसी स्थान पर ले गया। वीर ने राक्षस का वध कर दिया तथा सोमप्रभा के साथ सब उसी रथ पर वापस आ गए।

पर वापस आने पर सोमप्रभा के लिए तीनों युवक लड़ने लगे। ज्ञानी ने कहा--यदि अपने ज्ञान के द्वारा मैं यह न बताता कि सोमप्रभा कहाँ है तो उसका पता कैसे लगता ? इसलिए विवाह का अधिकारी मैं हूँ। अलौकिक विद्याओंवाले युवक ने कहा--यदि मैं आकाशगामी रथ पर वहाँ ज्ञानी और वीर को न ले जाता तो राक्षस से युद्ध कैसे होता तथा कैसे वह मरता ? अतः मैं विवाह का हकदार हूँ।

और अन्त में वीर ने कहा--राक्षस से युद्ध करके उसको मारा तो मैंने ही है। इसलिए विवाह का असली अधिकारी सिर्फ मैं हूँ।

कहानी सुनाकर बेताल बोला--राजन, आप बताइए कि इन तीनों में विवाह का अधिकारी कौन है ? राजा त्रिविक्रमसेन ने उत्तर दिया--विवाह का असली हकदार वीर युवक है। युद्ध में उसी ने राक्षस का वध किया। ज्ञानी और अलौकिक विद्याओंवाले युवक तो उसके सहायक थे। ज्ञानी और कलाकुशल व्यक्ति सदा दूसरों की सेवा के लिए रहे हैं।

राजा का युक्तिपूर्ण उत्तर सुनकर बेताल फिर गायब हो गया और राजा धैर्यपूर्वक उसको खोजने चल पड़े।

कौन है पति

राजा त्रिविक्रमसेन फिर शीशम के पेड़ के पास पहुँचे और बेताल को पेड़ से उतारकर कन्धे पर रखा। जब राजा चलने लगे तो बेताल ने कहा—राजा, आपकी विद्वता और वीरता से मैं बड़ा प्रसन्न हूँ। इसलिए एक कहानी सुनिए और बेताल कहानी सुनाने लगा।

यशःकेतु नाम का एक राजा शोभावती नाम की नगरी में रहता था। उस नगरी में पार्वती का एक मन्दिर था, जिसके दक्षिण में गौरीतीर्थ नाम का एक तालाब था। यहाँ आषाढ़ शुक्ल चतुर्दशी को हर साल जब लोग तालाब में स्नान करने आते थे, मेला लगता था।

एक बार इसी तालाब में धवल नाम का एक धोबी स्नान करने आया। शुद्धपट की कुमारी कन्या मदनसुन्दरी भी स्नान करने आई। धवल ने उसे देखा और मोहित हो गया।

घर आकर वह उसके लिए उदास रहने लगा। जब उसकी माँ को सारा समाचार मालूम हुआ तो यह बात उसने अपने पति से बताई। उसका पति

अपने पुत्र से बोला—जिसको पाने में कोई कठिनाई नहीं है, उसके लिए तुम क्यों दुखी हो। शुद्धपट कुल धन और कार्य में मेरे ही समान है। इसलिए वह अपनी पुत्री का तुमसे विवाह कर देगा।

दूसरे ही दिन धोबी अपने पुत्र को लेकर शुद्धपट के यहाँ पहुँचा और अपने पुत्र के लिए कन्या माँगी। शुद्धपट राजी हो गया और अगले ही दिन उसने अपनी कन्या का विवाह धवल के साथ कर दिया।

मनचाही पत्नी के साथ धवल का समय सुखपूर्वक बीतने लगा।

कुछ समय बाद धवल का साला अर्थात् मदनसुन्दरी का भाई देवी पूजन के अवसर पर बहन और बहनोई को लेने आया। धवल पत्नी को लेकर साले के घर चल पड़ा।

जब वे शोभावती नगरी के पास पहुँचे तो धवल ने पार्वती मन्दिर देखा। वह पत्नी और साले को छोड़कर मन्दिर में दर्शन करने गया। दर्शन के समय उसके मन में एकाएक देवी के सामने बलिदान करने की इच्छा पैदा हो गई और उसने सिर काटकर देवी को अर्पित कर दिया।

देंर होते देख उसका साला भी मन्दिर में गया। बहनोई की यह दशा देखकर उसने भी मस्तक काटकर देवी को अर्पित कर दिया। अकेली मदनसुन्दरी ने कुछ देर तक भाई का इन्तजार किया और फिर वह भी मन्दिर में पहुँची। अपने पति और भाई की यह दशा देखकर वह बहुत दुखी हुई और देवी के सामने प्राण देने को तैयार हो गई। पर जैसे ही उसने प्राण देने के लिए फन्दा गले में डाला कि आकाशवाणी हुई—इतनी कम उम्र में तुमने बहुत बड़ा साहस दिखाया है। मैं प्रसन्न हूँ। अपने पति और भाई के सिरों को धड़ों से जोड़ दो। वे जीवित हो जाएँगे।

मदनसुन्दरी बड़ी खुश हुई। पर इसी खुशी में उसने भूल से पति का सिर भाई के धड़ में और भाई का सिर पति के धड़ में लगा दिया। दोनों जीवित हो उठे।

तीनों साथ-साथ अपने गन्तव्य की ओर चल पड़े। पर रास्ते में मदनसुन्दरी की नजर इस भूल पर गई। अब क्या हो ! उसने सिर बदल दिए थे। अब वह किसको पति माने ?

बेताल ने राजा से पूछा—बताओ, मदनसुन्दरी का पति कौन हुआ ? और राजा ने उत्तर दिया—जिस शरीर पर उसके पति का सिर है, वही पति

हुआ, क्योंकि मस्तक ही शरीर में प्रमुख है और उसी से आदमी पहचाना जाता है।

राजा का युक्तिपूर्ण उत्तर सुनकर बेताल फिर गायब हो गया और मनस्वी राजा फिर उसे खोजने चल पड़ा।

अधिक साहसी कौन

राजा त्रिविक्रमसेन फिर शीशम के पेड़ के पास गए और बेताल को पेड़ पर से उतारकर कन्धे पर लादा। जब बेताल को लेकर वे चले तो उनकी थकान मिटाने के लिए बेताल ने यह कहानी सुनाई।

प्राचीन काल में चंडसेन नाम का एक राजा ताम्रलिप्ति नामक नगर में रहता था। वह बड़ा वीर था और युद्ध से कभी मुँह नहीं मोड़ता था।

एक बार दक्षिण से सत्वशील नाम का एक राजकुमार उसके पास आया। उसने अपनी निर्धनता की जानकारी दी और राजा से धन माँगा। पर उसे बहुत समय तक राजा की सेवा करने पर भी कुछ न मिला। तब उसे बहुत दुःख हुआ कि उसने निरर्थक अपनी महत्वाकांक्षा बढ़ाई और राजा की सेवा की।

उसी समय राजा वन में शिकार के लिए गया। वह युवक एक डंडा लिये उसके आगे-आगे दौड़ रहा था। राजा ने एक सूअर का पीछा किया और बहुत दूर तक वन में चला गया। राजा वन में रास्ता भूल गया। इस

समय राजकुमार ही राजा के साथ था। राजा ने उससे पूछा—क्या तुम रास्ता जानते हो ?

जी हाँ, पर इस समय आप विश्राम करें, क्योंकि सूरज बहुत तेज तप रहा है—राजकुमार ने कहा।

तब देखो कि यहाँ कहीं पानी है या नहीं ? राजा के आदेश पर राजकुमार ने पानी का पता लगाया और राजा को वहाँ ले गया।

राजा ने वहाँ पहुँचकर जब स्नान कर लिया तो राजकुमार ने अपने कपड़े में बँधे कुछ आँवले निकाले और धोकर राजा के सामने रखे।

तुम ये आँवले कहाँ से लाए—राजा ने पूछा। राजकुमार ने बताया कि वह दस वर्षों से आँवलों पर ही जी रहा है। राजा को उसकी यह दशा देखकर दुःख हुआ। उसने दो आँवले लेकर खा लिये।

थोड़ी देर विश्राम करके राजा वापस चल पड़ा। युवक उसे रास्ता दिखाता चला। कुछ देर चलने के बाद छूटे हुए सैनिक भी मिल गए। फिर सभी लोग साथ-साथ आए। राजा ने साथ आए युवक को खूब धन और कुछ राज्य भी दिया। पर इतना देकर भी उसने अपने को उऋण नहीं माना। एक बार राजा ने अपने लिए सिंहल नरेश की पुत्री माँगने के उद्देश्य से सत्वशील को सिंहलद्वीप भेजा। ब्राह्मणों के साथ वह समुद्री मार्ग से सिंहलद्वीप के लिए चल पड़ा।

जब जहाज समुद्र में जा रहा था, उसी समय पानी में से एक बहुत लम्बा ध्वज निकला। ध्वजा का डंडा सोने का था और उसके ऊपर रंग-बिरंगी पताकाएँ फहरा रही थीं। उसी समय बादल आ गए और जोर से बारिश होने लगी। हवा के वेग से जहाज ध्वज के पास आ गया और समुद्र में डूबने लगा। यह देखकर हाथ में तलवार लिये वह स्वामिभक्त युवक समुद्र में कूद पड़ा। जहाज हवा से दूर चला गया और टूट गया। ब्राह्मणों को जलजन्तु निगल गए।

सत्वशील ने पानी में डुबकी लगाई। पर जब डुबकी लगाकर चारों ओर देखा तो उसे पानी के स्थान पर एक सुन्दर नगर दिखाई दिया। नगर में सोने के महल थे, बावरियाँ थीं और सुन्दर बाग थे। वहाँ मणिजटित कात्यायनी देवी का एक मन्दिर भी था। वह मन्दिर में जाकर कात्यायनी देवी को प्रणाम करके उनके सामने बैठ गया।

उसी समय देवी के प्रभा मंडल से एक षोडशी निकली, जिसकी आँखें कमल के समान थीं, शरीर भी खिले कमल जैसा था और उसके हँसते समय जैसे फूलों की बरसा होती थी। हजार स्त्रियों से घिरी वह षोडशी देवी के भीतरी प्रकोष्ठ में चली गई। सत्वशील का हृदय भी उसी के साथ चला गया।

पूजा करके वह फिर बाहर आई और प्रभामंडल में चली गई। सत्वशील भी उसके पीछे-पीछे गया।

अन्दर जाकर सत्वशील ने एक अलौकिक नगर देखा। वहाँ षोडशी मणिशैया पर बैठी थी। सत्वशील उसी के पास जाकर बैठ गया।

सत्वशील को अत्यधिक मोहित देखकर षोडशी ने दासियों को इशारा किया। उन्होंने इससे वापी में स्नान करने को कहा। बड़ी आशा के साथ उसने वापी में डुबकी लगाई। पर जब ऊपर आया तो वह चंडसेन के बाग की वापी में था।

उसे आश्चर्य हुआ कि वह तो एक अलौकिक नगर में था, फिर यहाँ कैसे आ गया। यह स्वप्न है या सत्य। उसकी दशा पागलों जैसी हो गई। आसक्ति के कारण वह प्रलाप करने लगा। वियोग से वह जलने लगा।

जब राजा को उसकी इस दशा का पता लगा तो उसने आकर उसे सान्त्वना प्रदान की। फिर सोचा कि यही समय है जब वह उससे उऋण हो सकता है। उसने सत्वशील से कहा—तुम दुखी मत होओ। मैं तुम्हें उस षोडशी के पास पहुँचा दूँगा।

अगले दिन राजा समुद्री मार्ग से उसके साथ चल पड़ा। बीच समुद्र में फिर ध्वज उठा और जहाज डूबने लगा। तब सत्वशील और राजा दोनों पानी में कूद पड़े और दोनों उसी दैवी नगर में पहुँच गए। वहाँ पार्वती को प्रणाम करके सत्वशील के साथ राजा बैठ गया।

थोड़ी ही देर में देवी के प्रभामंडल से वह सुन्दर षोडशी निकली। सत्वशील ने कहा—यही वह षोडशी है। राजा षोडशी तथा सत्वशील को लेकर बाग में चला आया।

जब दैत्यपुत्री पति कामना के लिए देवी की पूजा करके बाहर आई तो उसने दासियों से राजा को आतिथ्य के लिए बुलवाया। पर राजा ने उपेक्षा से उत्तर दिया—हमारा इतना ही आतिथ्य बहुत है।

राजा के ऐसे उत्तर पर दैत्यपुत्री के हृदय में जैसे श्रद्धा उत्पन्न हो गई

और वह स्वयं राजा तथा सत्वशील के पास आई और आतिथ्य स्वीकार करने का निवेदन किया। राजा ने नम्रता से उत्तर दिया—देवी के अद्‌भुत मन्दिर को देखकर और साथ ही तुमको देखकर हमारा स्वागत हो गया। तब षोडशी ने दूसरे नगर में चलने का आग्रह किया। राजा बोला—सत्वशील ने मुझे उस नगर के विषय में बताया है। वहाँ एक वापी है।

दैत्यपुत्री ने बड़ी नम्रता से कहा—आपको मैं धोखा नहीं दूँगी। आप पूज्य हैं। ऐसा कहकर वह दोनों को अद्‌भुत नगर में ले गई और राजा को रत्न जड़े सिंहासन पर बैठाकर सम्मानित किया। फिर उसने बताया—मैं दैत्य कालनेमि की पुत्री हूँ। मेरे पिता स्वर्गवासी हो चुके हैं। ये दोनों सुन्दर नगर मेरे ही हैं। पर अब आप मेरे पिता हैं और दोनों नगरों के स्वामी हैं।

यदि ऐसा है तो मैं सत्वशील के साथ तुम्हें विवाह बन्धन में बाँधता हूँ—राजा ने दैत्यपुत्री से कहा। षोडशी ने बात मान ली। सत्वशील को सुन्दर स्त्री के साथ दो नगर भी मिले। राजा ने सत्वशील से कहा—तुम्हारे दो आँवले मैंने खाए थे। एक का ऋण आज चुका दिया, एक का अभी बाकी है। यह कहकर राजा अपने नगर को लौट आया। सत्वशील दैत्य पुत्री के नगरों पर शासन करने लगा।

कहानी पूरी करके बेताल बोला—बताइए, समुद्र में डुबकी लगाने में सत्वशील ने अधिक साहस दिखाया या राजा ने ? राजा त्रिविक्रमसेन ने उत्तर दिया—सत्वशील ने ही अधिक साहस दिखाया, क्योंकि वह कुछ न जानते हुए भी और बिना आशा के समुद्र में कूदा था। राजा जब कूदा तो उसे सब कुछ ज्ञात था।

राजा का युक्तिपूर्ण उत्तर सुनकर बेताल फिर गायब हो गया और राजा दृढ़ता के साथ उसे खोजने के लिए चल पड़े।

अधिक चतुर कौन

त्रिविक्रमसेन धैर्यपूर्वक फिर शीशम के पेड़ के पास पहुँचे और बेताल को कन्धे पर रखकर चल पड़े। पहले की ही भाँति राजा का मनोरंजन करने के लिए बेताल ने कहानी सुनाई। कहानी इस प्रकार है :

अंगदेश में वृक्षवट नाम के गाँव में विष्णुस्वामी नाम का एक धनी अग्निहोत्री ब्राह्मण रहता था। उसके तीन चतुर पुत्र थे।

एक बार विष्णुस्वामी ने यज्ञ आरम्भ किया और एक कछुआ लाने के लिए पुत्रों को समुद्र के किनारे भेजा। वहाँ बड़े भाई ने अपने छोटे भाइयों से कहा—तुममें से कोई इस कछुए को ले चले, क्योंकि यह बड़ा चिकना है और इससे बदबू भी आ रही है। छोटे भाइयों ने अस्वीकार कर दिया। तब बड़े भाई ने फिर कहा—यदि कछुआ न पहुँचा तो पिताजी का यज्ञ नष्ट हो जाएगा और मैं भोजनपटु होने के कारण ऐसी चीजों से घृणा करता हूँ।

यह सुनकर मँझला भाई बोला—आप भोजनपटु हैं तो मैं नारीपटु हूँ और आपसे अधिक होशियार हूँ। इस पर सबसे छोटा भाई कहने लगा—मैं

शैयापटु होने के कारण आप दोनों से ही अधिक चतुर हूँ। इसलिए मैं तो कछुआ किसी भी प्रकार नहीं ले जाऊँगा।

अपनी चतुराई को लेकर तीनों में झगड़ा होने लगा। इस झगड़े को निपटाने के लिए तीनों कछुआ छोड़कर राजा के पास गए। राजा को जब सारी बात बताई तो उसने कहा—आज मैं आप लोगों की परीक्षा लूँगा, तब तय करूँगा।

राजा ने आदर से तीनों को भोजन के लिए बुलवाया और उनके सामने अच्छे-अच्छे व्यंजन परोसवाए। तीनों भाइयों ने अभी खाना भी शुरू नहीं किया था कि बड़े भाई ने जो भोजनपटु था, अपना मुँह फेर लिया। उसने कहा—भोजन स्वादिष्ट तो है, पर उसमें मुर्दे के धुएँ की गन्ध आ रही है। पता लगाने पर मालूम हुआ कि सचमुच पकाया गया चावल श्मशान के पास के एक खेत का था। राजा ने कहा—वास्तव में आप भोजनपटु हैं।

तीनों को दूसरा भोजन खिलाकर राजा ने मँझले भाई के कमरे में एक अत्यन्त सुन्दर गणिका भेजी। उसके कमरे में प्रवेश करते ही जैसे चारों ओर रोशनी हो गई। पर मँझला भाई बोला—इसे यहाँ से ले जाओ। इसके शरीर से बकरे की भयानक दुर्गन्ध आ रही है। गणिका चन्दन, कपूर और अगर आदि से श्रृंगार किए हुए थी। फिर भी उसके शरीर से दुर्गन्ध की बात सुनकर राजा ने पता लगाया। मालूम हुआ कि बचपन में माँ और धाई के मर जाने के कारण उसे बकरी के दूध पर पाला गया था। राजा ने दूसरे भाई से कहा—आप सचमुच नारीपटु हैं।

अब तीसरे भाई की परीक्षा की बारी थी। इसको सात गद्दे लगी और ऊपर स्वच्छ चादर बिछी शैया दी गई। पर आधी रात के समय सबसे छोटे भाई की नींद खुल गई। उसने बताया कि शैया में कहीं एक बाल है जो उसके शरीर में चुभ रहा है। शरीर पर पड़े हुए बाल के दाग को भी उसने दिखाया। जब सेवकों ने खोजबीन की तो आखिरी गद्दे के नीचे एक बाल मिला।

सारी घटना राजा को बताई गई। शरीर पर पड़ा हुआ बाल का दाग भी राजा को दिखाया गया। तब राजा ने कहा—सचमुच आप शैयापटु हैं।

घटना सुनाकर बेताल ने राजा से पूछा—इन तीनों—भोजनपटु, नारीपटु और शैयापटु में सबसे अधिक कुशल कौन है ? यदि सही उत्तर न दिया तो

सिर के सौ टुकड़े होने का मेरा शाप आपको याद ही होगा।

राजा ने कहा—शैयापटु ही सबसे कुशल है, क्योंकि उसके शरीर पर बाल का दाग भी पड़ा था। अन्य दोनों तो पहले से ऐसी बातें जानकर भी कह सकते थे। उत्तर सुनकर बेताल फिर गायब हो गया और राजा उसे ढूँढ़ने चल पड़े।

विवाह किससे हो

राजा त्रिविक्रमसेन धैर्य के साथ फिर शीशम के पेड़ के पास गए और बेताल को कन्धे पर रखकर चल पड़े। बेताल ने राजा के व्यवहार की बड़ी प्रशंसा की और कहा—भिक्षु के कहने पर आपने बहुत बड़ा काम सिर पर ओढ़ लिया है। आपके मनोरंजन के लिए मैं फिर एक कहानी सुनाता हूँ और बेताल ने कहानी सुनाई।

अवन्ति नाम की एक बड़ी सुन्दर नगरी थी। वह जितनी विशाल थी, उतनी ही समृद्ध। सतयुग में इसी नगरी को पद्मावती कहा गया था, त्रेता में भोगवती, द्वापर में हिरण्यवती और कलियुग में इसे उज्जैन कहा गया।

इसी उज्जैन में वीरदेव नामक एक महान राजा रहता था, जिसकी पत्नी का नाम पद्मारति था। सन्तान के लिए दोनों ने शंकर की बड़ी आराधना की। कुछ समय बाद उन्हें एक पुत्र हुआ, जिसका नाम उन्होंने शूरदेव रखा। उन्हें अनंगरति नाम की एक अत्यन्त सुन्दर कन्या भी हुई।

कन्या के बड़ी होने पर राजा ने योग्य वर खोजा। पर कन्या को कोई

वर पसन्द न आया। तब राजा ने पुत्री से स्वयंवर करने को कहा। कन्या को यह प्रस्ताव भी मंजूर न हुआ। उसी समय कन्या के विवाह के योग्य होने की बात सुनकर दक्षिण से चार युवक आए। चारों वीर, कलावन्त और सुन्दर थे। इनमें से पहला बोला—मैं पंचट्टिक नामक शूद्र हूँ। प्रतिदिन मैं पाँच जोड़े कपड़े तैयार करता हूँ। इनमें से एक जोड़ा मैं देवता को चढ़ाता हूँ, एक जोड़ा ब्राह्मण को देता हूँ और एक जोड़ा अपने पहनने के लिए रख लेता हूँ। यदि आप अपनी पुत्री का विवाह मुझसे कर दें तो एक जोड़ा मैं उसे भेंट करूँगा और एक जोड़ा बेचकर आजीविका चला लूँगा। अतः आप मुझसे ही विवाह करें।

दूसरा युवक बोला—मैं भाषाशास्त्री वैश्य हूँ और सभी पशु-पक्षियों की बोली समझता हूँ। इसलिए अपनी पुत्री का विवाह मुझसे करिए। इसके बाद तीसरे युवक ने कहा—मैं वीर क्षत्रिय राजा हूँ और खड्गधर मेरा नाम है। मैं अद्वितीय योद्धा हूँ। इसलिए मुझसे विवाह करिए।

चौथे युवक ने इस प्रकार कहा—मैं जीवदत्त नाम का ब्राह्मण हूँ। मैं इतना योग्य हूँ कि मृत व्यक्तियों को जिला सकता हूँ। आपकी पुत्री के लिए मुझसे बढ़कर दूसरा वर नहीं होगा।

चारों युवकों की बातें सुनकर राजा वीरदेव पशोपेश में पड़ गए कि आखिर विवाह किससे किया जाए।

बेताल ने इतनी कहानी सुनाकर कहा—राजन, इस समस्या का समाधान करिए कि विवाह किससे हो ? यदि जानते हुए भी सही उत्तर न दिया तो मेरा शाप निरर्थक न जाएगा। राजा ने कहा—शूद्र जुलाहे से क्षत्रिय कन्या का विवाह करना अनुचित है। वैश्य को भी क्षत्रिय कन्या नहीं दी जा सकती। उसका पशु-पक्षियों की बोली का ज्ञान कन्या के किस काम का ? और ब्राह्मण तो वीर है ही नहीं—वह तो जादूगर है। अब रहा क्षत्रिय खड्गधर। यही क्षत्रिय कन्या के उपयुक्त है और इसी से विवाह होना चाहिए।

उत्तर सुनकर बेताल फिर गायब हो गया और राजा उसे ढूँढ़ने चल पड़े।

त्यागी कौन

राजा त्रिविक्रमसेन श्मशान में फिर शीशम के पेड़ के पास गए और बेताल को पेड़ से उतारा। जब बेताल को कन्धे पर रखकर चलने लगे तो बेताल बोला—राजन, आप थके हुए हैं। आपकी थकान मिटाने के लिए मैं एक कहानी कहता हूँ। बेताल ने फिर यह कहानी सुनाई।

अनंगपुर का राजा बीरबाहु अत्यन्त श्रेष्ठ था। उसके राज्य में अर्थदत्त नाम का एक धनी व्यापारी रहता था। व्यापारी के पुत्र का नाम धनदत्त था और पुत्री का नाम मदनसेना।

सुन्दर मदनसेना एक दिन जब अपनी सखियों के साथ बगीचे में खेल रही थी, तभी उसके भाई के मित्र धर्मदत्त ने उसे देखा। धर्मदत्त वैश्य पुत्र था।

मदनसेना का सौन्दर्य अद्‌भुत था। उसके शरीर के प्रत्येक अंग से जैसे सौन्दर्य की धारा प्रवाहित होती थी। धर्मदत्त उसे देखते ही मोहित हो गया। वह टकटकी लगाकर उसे देखने लगा और इतनी देर तक देखता रहा कि

दिन डूब गया। मदनसेना धर्मदत्त का मन लेकर अपने घर चली गई। धर्मदत्त भी दुखी हृदय से अपने घर चला आया।

धर्मदत्त का हर क्षण दुःख में बीतने लगा। उसके इष्टमित्रों ने उसके दुःख का कारण जानना चाहा। पर उसने किसी को कुछ नहीं बताया। रात हुई। उसने सोने की कोशिश की। पर अब नींद कहाँ थी ! जैसे-तैसे नींद आई तो सपने में उसने मदनसेना को देखा।

सुबह होने पर धर्मदत्त फिर उसी बाग में गया। वहाँ मदनसेना अपनी सखियों का इन्तजार कर रही थी। धर्मदत्त बड़ी सहृदयता से अपना प्रणय निवेदन करने लगा और तरह-तरह से मदनसेना को खुश करने की चेष्टा करने लगा। तब मदनसेना ने कहा—समुद्रदत्त नामक व्यापारी से मेरा विवाह तय हो चुका है। जल्दी ही मेरा विवाह हो जाएगा। मैं कुमारी हूँ। इसलिए आप चले जाइए। कोई देख लेगा तो मुझे दोष का भागीदार बनना पड़ेगा।

मदनसेना के बहुत समझाने पर धर्मदत्त ने कहा—मेरी चाहे जो दशा हो, मैं तुम्हारे बिना अपना जीवन नहीं बिता सकता।

मदनसेना धर्मदत्त के प्रणय निवेदन से प्रभावित हो चुकी थी। उसने विवाह होते ही सबसे पहले धर्मदत्त के पास आने का वचन दे दिया। धर्मदत्त ने भी उसे इसकी शपथ दिला दी।

विवाह का समय आ गया। हँसी-खुशी मदनसेना का विवाह हुआ। वह पति के घर गई। पर रात के समय पति ने जब प्रेम प्रगट किया तो मदनसेना उसका प्रेम स्वीकार न कर सकी। अपनी शपथ याद करते हुए उसने अपने पति को स्पष्ट बताया कि विवाह के बाद अपने पति से मिलने के पहले वह अपने भाई के मित्र धर्मदत्त के पास जाएगी, क्योंकि उसको वह ऐसा वचन दे चुकी है। उससे मिलने के बाद वह वापस आ जाएगी।

समुद्रदत्त ने क्षण-भर विचार किया। फिर यह सोचकर कि अन्य पुरुष के प्रति आसक्त स्त्री उसके पास जाएगी ही, उसने जाने की अनुमति दे दी। मदनसेना घर से निकली और धर्मदत्त से मिलने चल पड़ी।

रात के अँधेरे में मदनसेना अकेली चली जा रही थी। तभी एक चोर ने उसका आँचल पकड़कर रोक लिया। मदनसेना ने छोड़ देने की प्रार्थना की। जब चोर नहीं माना तो मदनसेना अपने सारे गहने देने को तैयार हो गई। पर चोर ने कहा—मेरे लिए गहने निरर्थक हैं। चन्द्रमा के समान तुम्हारा

सुन्दर मुख है और नाग के समान दमक रहा है। मैं तो तुम्हारे इस सौन्दर्य को ही चाहता हूँ, गहनों को नहीं।

चोर की बातें सुनकर मदनसेना ने उसे पूरी बात बताई और कहा—तुम थोड़ी देर यहाँ रुको। अपनी प्रतिज्ञा के अनुसार मैं अभी धर्मदत्त से मिलकर तुम्हारे पास आती हूँ। चोर ने मदनसेना को दृढ़प्रतिज्ञ समझकर जाने दिया।

धर्मदत्त के पास पहुँचकर मदनसेना ने सारा वृत्तान्त उसे बताया। मदनसेना के द्वारा शपथ पालन की यह दृढ़ता देखकर धर्मदत्त को प्रसन्नता हुई। पर उसे दूसरे की स्त्री मानकर उसने जाने दिया। वापस आते समय वह चोर के पास आई। चोर ने भी उसे दृढ़प्रतिज्ञ मानकर अपने पति के पास जाने दिया। उसकी सत्यनिष्ठा देखकर चोर ने गहने भी नहीं लिये।

मदनसेना जिस रूप में पति के पास से गई थी, उसी रूप में वापस आई। पति ने चरित्रवान और सत्यनिष्ठ जानकर उसका आदर किया। इस प्रकार समुद्रदत्त मदनसेना के साथ सुखपूर्वक अपना जीवन बिताने लगा।

कहानी सुनाकर बेताल ने राजा से पूछा—अब यह बताइए कि चोर और दोनों वैश्य पुत्रों में सबसे अधिक किसने त्याग किया? राजा ने उत्तर दिया—चोर सबसे अधिक त्यागी है। पति नें तो विवाहित होने पर भी सच्चरित्र मानने के कारण मदनसेना को त्यागा था, क्योंकि वह अन्य पुरुष में आसक्त थी। धर्मदत्त की आसक्ति समय पाकर कम हो गई थी। फिर उसे यह भी डर था कि भेद खुल जाने पर उसके पति के कहने से राजा उसको दंडित करेगा। इस प्रकार इन दोनों का त्याग विशेष त्याग नहीं। पर चोर को किसका डर था। वह तो छिपे तौर से अपने काम में लगा था। फिर भी उसने गहनों से सजी हुई सुन्दर स्त्री को छोड़ दिया। इसलिए सबसे बड़ा त्याग उसी का है।

उत्तर सुनकर बेताल फिर गायब हो गया और राजा उसे फिर खोजने चले।

सबसे कोमल कौन

राजा फिर शीशम के पेड़ के पास पहुँचे और बेताल को कन्धे पर रखकर चलने लगे। बेताल ने राजा को फिर एक कहानी सुनाई, जो इस प्रकार है :

प्राचीन काल में उज्जैन में धर्मध्वज नाम का एक राजा राज्य करता था। इन्दुलेखा, तारावती और भृगांकवती नाम की उसकी तीन प्यारी रानियाँ थीं। राजा सुखपूर्वक रानियों के साथ रहता था।

एक बार वसन्त ऋतु में राजा तीनों रानियों के साथ बाग में गया। बाग में फूल खिल रहे थे और कोयल गीत गा रही थी। चारों ओर सुन्दरता छाई थी। बाग में राजा इन्दुलेखा के साथ खेल करने लगा, जिससे रानी के कान पर रखा कमल का फूल खिसककर गिर पड़ा। फूल के गिरने से रानी की जाँघ पर ऐसी चोट लगी कि वह बेहोश हो गई। काफी चिकित्सा के बाद वह स्वस्थ हुई।

रात के समय राजा अपनी दूसरी रानी तारावती के पास गए। चन्द्रप्रासाद नाम के जिस महल में राजा रानी के पास थे, वहाँ चन्द्रमा की

किरणें खिड़की से होकर आ रही थीं। वे किरणें जब रानी के शरीर पर पड़ीं तो वह चिल्ला उठी—हाय, मैं जल गई। किरणों से उसके शरीर पर फफोले पड़ गए। दासियाँ उसकी सेवा के लिए दौड़ीं। उन्होंने रानी के शरीर पर चन्दन का लेप किया और कमल के गीले पत्तों पर सुलाया। तब जाकर रानी स्वस्थ हुई।

अब तीसरी रानी की नींद खुली। वह जब राजा से मिलने के लिए महल से बाहर निकली तो उसने किसी के घर से धान के कूटने की आवाज सुनी। आवाज सुनते ही वह चिल्ला उठी—हाय, मैं मर गई और अपने हाथ मलने लगी। दासियाँ उसे महल में वापस लाईं। आते ही वह पलंग पर लेट गई। वास्तव में धान के कूटने की आवाज से उसके हाथों में छाले पड़ गए थे। राजा ने उसके हाथों पर भी चन्दन का शीतल लेप लगवाया।

तीनों रानियों की यह कोमलता देखकर राजा बड़े दुखी हुए।

यह कहानी सुनाकर बेताल ने राजा से पूछा—बताइए, इसमें कौन रानी सबसे ज्यादा कोमल है ? यदि जानकर भी सही उत्तर न दिया तो मेरा कठिन शाप है ही।

राजा बोले—इन तीनों रानियों में सबसे कोमल वह रानी है, जिसके हाथों में धान के कूटने की आवाज मात्र से छाले पड़ गए। उसने मूसल छुआ भी नहीं, फिर भी उसकी यह हालत हुई। अन्य दोनों रानियों में तो एक की जाँघ पर फूल गिरा था और एक के शरीर पर चन्द्रमा की किरणें पड़ी थीं। इसलिए ये रानियाँ उतनी कोमल नहीं हैं।

राजा का युक्तिपूर्ण उत्तर सुनकर बेताल फिर गायब हो गया और धैर्यवान राजा रात के सन्नाटे में फिर उसे खोजने चल पड़े।

मन्त्री ने प्राण क्यों त्यागे

धैर्यवान राजा विक्रमसेन ने बैताल को फिर खोज निकाला। वह उसी शीशम के पेड़ पर जाकर लटक गया था। पेड़ पर से उतारकर और अपने कन्धे पर बेताल को लादकर राजा चल पड़े। बेताल राजा को यह कहानी सुनाने लगा।

प्राचीन काल में अंग देश में यशःकेतु नाम का एक राजा शासन करता था। दीर्घदर्शी नाम का उसका एक मन्त्री था, जो बहुत विद्वान था। राज्य का सारा भार मन्त्री पर डालकर राजा भोग-विलास में अपना सारा समय बिताया करता था। मन्त्री इससे बहुत परेशान था, क्योंकि यह अफवाह फैल रही थी कि राजा को भोग-लिवास में फँसाकर मन्त्री स्वयं शासन का सुख उठा रहा है।

मन्त्री ने एक दिन इस विषय में अपनी पत्नी मेघाविनी से राय ली। पत्नी ने कहा—आप राजा से आदेश लेकर तीर्थयात्रा के लिए चले जाइए। इससे राजा राजकाज में लग जाएँगे और आप आरोप से मुक्त हो जाएँगे।

पत्नी की राय के अनुसार मन्त्री राजा के पास गया और तीर्थयात्रा पर जाने की इच्छा प्रकट की। राजा तैयार नहीं था कि उसका बुद्धिमान और प्रिय मन्त्री उसे छोड़कर कहीं जाए। मन्त्री ने कहा—मनुष्य को युवावस्था में ही तीर्थयात्रा कर लेनी चाहिए, क्योंकि शरीर का कोई ठिकाना नहीं। ऐसा कहकर मन्त्री एक दिन चुपके से यात्रा पर चला गया।

देश-विदेश में घूमता हुआ मन्त्री पौंडू देश में पहुँचा। वहाँ वह समुद्र के किनारे बने एक मन्दिर में गया। वहीं निधिदत्त नामक एक वणिक पूजा करने आया था। उसने दीर्घदर्शी को देखा और यह जानकर कि वह श्रेष्ठ ब्राह्मण है, उसे आदरपूर्वक घर ले गया। निधिदत्त के घर पर मन्त्री को भोजन आदि करवाकर परिचय पूछा और फिर बोला—मैं व्यापार के लिए स्वर्णद्वीप जा रहा हूँ। जब तक मैं वापस न आऊँ, आप मेरे यहाँ रहिए। आप तीर्थयात्रा से थके हुए हैं, इसलिए तब तक विश्राम करिए।

पर दीर्घदर्शी रुका नहीं। वह भी निधिदत्त के साथ चल पड़ा। जहाज पर बैठकर वह वणिक के साथ स्वर्णदीप पहुँच गया।

वणिक ने स्वर्णदीप में खरीद-बिक्री की और फिर जहाज से दोनों वापस लौट पड़े।

जब जहाज समुद्र में वापस आ रहा था कि दीर्घदर्शी ने पानी में एक कल्पवृक्ष उठते हुए देखा। उस वृक्ष की शाखाएँ मूँगे जैसी सुन्दर थीं और उसमें मणियों के फल और फूल लगे थे। वृक्ष पर बाँसुरी के साथ एक षोडशी बैठी थी। षोडशी ने आश्चर्यचकित दीर्घदर्शी के सामने एक गीत गाया, जिसका अर्थ था—मनुष्य जो भी कर्म के बीज बोता है, वह उसका फल पाता है। इस नियम को विधाता भी नहीं बदल सकता।

षोडशी यह गीत गाते हुए कल्पवृक्ष के साथ समुद्र में फिर विलीन हो गई। नाविकों ने बताया कि यह षोडशी हमेशा ऐसे ही दिखाई देती है। आश्चर्य में पड़ा दीर्घदर्शी वणिक के साथ घर वापस आ गया।

दीर्घदर्शी थोड़े दिन वणिक के घर और रहा। फिर अपने घर चलने को तैयार हुआ। वणिक को उससे वियुक्त होने में दुःख हो रहा था।

जब मन्त्री अपने देश में आया और राजा को खबर लगी तो राजा स्वयं उसको लेने नगर के बाहर आया और अपने प्रिय मन्त्री को आदरपूर्वक महल में ले गया।

राजा ने मन्त्री से यात्रा का पूरा हाल पूछा। तब मन्त्री ने अपनी स्वर्णदीप की यात्रा और समुद्र की सुन्दर षोडशी के विषय में बताया। राजा षोडशी की सुन्दरता का हाल सुनते ही उसके प्रति मोहित हो गया और मन्त्री से कहने लगा—अब तो मैं तुम्हारे बताए मार्ग से उसके पास जाऊँगा। मैं उस षोडशी के बिना जीवित नहीं रह सकता। तुम मेरे राज्य की देखभाल करना।

मन्त्री राजा को रोक न सका।

अनेक देशों, नदियों और पर्वतों को पार करता हुआ तपस्वी वेशधारी राजा उसी देश में समुद्र के किनार पहुँचा। वहाँ समुद्र के किनारे वणिक का जहाज खड़ा था। वणिक ने राजचिह्न देखकर उसका आदर किया और अपने जहाज पर बैठाया।

जब जहाज बीच समुद्र में पहुँचा तो फिर वही कल्पवृक्ष निकला, जिस पर सुन्दर षोडशी बैठी थी। उसने वही गीत गाया—'मनुष्य जैसे कर्म के बीज बोता है, वैसा ही फल पाता है। इस नियम को ब्रह्मा भी नहीं बदल सकते।' राजा ने गीत सुना और टकटकी लगाकर उस सुन्दरी को देखता रहा। उसी समय कल्पवृक्ष के साथ षोडशी समुद्र में विलीन हो गई। राजा भी उसको पाने के लिए उसके पीछे ही कूद पड़ा।

समुद्र के भीतर राजा यशःकेतु एक ऐसे नगर में पहुँचा जहाँ मणियों के खम्भों और सोने की दीवालों के महल बने थे। वहीं महल के एक ऊँचे कमरे में, जिसमें मणियाँ जड़ी हुई थीं, षोडशी जाकर सो गई थी। राजा वहाँ पहुँचा।

षोडशी ने राजा का स्वागत किया। राजा तो उसके प्रति आसक्त था ही, षोडशी भी उसे प्रेम करने लगी। राजा ने उसे अपना परिचय दिया। तब षोडशी ने भी अपना परिचय दिया कि वह विद्याधरों के राजा मृगांकसेन की पुत्री मृगांकवती है। उसके पिता उसे छोड़कर कहीं चले गए हैं और वह अब समुद्रलोक में अकेली ही रहती है। यशःकेतु ने परिचय पाकर उसके साथ ऐसा प्रेमपूर्ण व्यवहार किया कि उसने राजा से विवाह करना स्वीकार कर लिया। किन्तु विवाह के साथ उसने एक शर्त भी लगा दी कि प्रत्येक महीने की शुक्ल और कृष्ण पक्ष की दोनों अष्टमी तथा दोनों चतुर्दशी—इन चार दिनों में वह राजा के अधीन नहीं रहेगी और अपनी इच्छानुसार वह जहाँ चाहेगी वहाँ जाएगी तथा राजा उससे नहीं बोलेंगे।

राजा शर्त स्वीकार कर और गन्धर्व विवाह कर सुखपूर्वक उसके साथ रहने लगा। राजा का समय सुख के साथ बीत रहा था, तभी एक दिंन मृगांकवती ने उससे कहा—मैंने कृष्णपक्ष की जिस चतुर्दशी की बता आपसे कही थी, वह चतुर्दशी आ गई। अब मैं कहीं जा रही हूँ। आप महल में रहिए। पर आप स्फटिक भवन में मत जाइएग।, क्योंकि वहाँ यदि बावली में गिर गए तो भूलोक में पहुँच जाएँगे।

मृगांकवती यह कहकर जब चली तो राजा भी नंगी तलवार लेकर उसके पीछे-पीछे चला। एक स्थान पर मृगांकवती के पहुँचते ही एक भयंकर राक्षस ने उसे निगल लिया। राजा ने क्रुद्ध होकर तुरन्त राक्षस का सिर काट दिया। थोड़ी ही देर में मृगांकवती राक्षस के धड़ से बाहर निकल आई। राजा ने अपनी प्रिया को गले से लगा लिया। फिर राजा ने इस अद्भुत घटना के विषय में पूछा तो उसने कहा—यहीं पर मेरे पिता रहते थे। अनेक पुत्रों के होते हुए भी मेरे प्रति उनका विशेष स्नेह था। मेरी अनुपस्थिति में वे कभी भोजन तक न करते थे। शंकरजी की पूजा में मेरी विशेष रुचि थी। इसी से कृष्ण और शुक्ल पक्ष की अष्टमी और चतुर्थी को मैं यहाँ आती थी। एक बार मुझे पूजा में इतनी देर हो गई कि मैं रात को घर पहुँची। मेरे पिता तब तक भूखे बैठे रहे। घर पहुँचते ही क्रोध में आकर उन्होंने मुझे शाप दिया—तुमने दिन-भर मुझे भूखा रखा। इसलिए अब से तुम अकेली रहोगी और अष्टमी और चतुर्दशी को तुमको उसी स्थान पर कृतान्तसन्त्रास नामक राक्षस निगल लिया करेगा। फिर तुम उसके शरीर से निकल आया करोगी।

जब पिता शान्त हुए और मैंने अनुनय-विनय की तब उन्होंने कहा—जब अंग देश का राजा यशःकेतु तुमसे विवाह करेगा और राक्षस के निगलने पर उसका वध करेगा, तब तुम शापमुक्त हो जाओगी। इस प्रकार अष्टमी और चतुर्दशी को मेरे साथ वही घटना घट रही थी। पर अब शाप छूट गया। मैं अब अपने पिता के पास निषेध पर्वत पर जाऊँगी। शापमुक्त होने पर हम विद्याधर अपनी पूर्वदशा में आ जाते हैं।

राजा ने जब उसे बहुत रोका तो वह एक सप्ताह के लिए रुक गई। इसी समय सातवें दिन वह चतुराई से मृगांकवती को बाग में बावली के पास ले गया और उसके साथ उसमें कूद पड़ा। बावली में कूदते ही वह अपने

बाग में पहुँच गया। राजा को अपने राज्य में पाकर सबने उसका स्वागत किया।

मृगांकवती के साथ राजा सुखपूर्वक रहने लगा। चारों ओर खुशी छा गई। मन्त्री राजा की इस महान सफलता पर आश्चर्य में पड़ गया। रात को जब वह सोया तो उसकी हृदयगति बन्द हो गई और उसका प्राणान्त हो गया। मन्त्री की मृत्यु पर राजा बहुत दुखी हुआ।

इतनी बड़ी कहानी सुनाकर बेताल ने पूछा–राजन, यह बताइए कि मन्त्री का प्राणान्त क्यों हुआ ? क्या यह सोचकर प्राणान्त हुआ कि सुन्दर मृगांकवती को वह देखकर ही रह गया, उसे राजा ने प्राप्त कर लिया अथवा उसकी राज्य पाने की इच्छा थी जो राजा के वापस आने से अपूर्ण रह गई ?

राजा ने उत्तर दिया–इनमें से कोई भी कारण नहीं है। उदारचित्त मन्त्री का प्राणान्त इसलिए हुआ कि जो राजा साधारण स्त्री के प्रेम में लिप्त होकर राज्य भूल चुका था, वह अत्यन्त सुन्दर स्त्री को पाकर क्या करेगा, कैसे राज्य चलेगा ? उसने राजा के हित के लिए जो कष्ट उठाए और राज्य छोड़कर देश-विदेश गया, उससे राजा का अहित ही हुआ। यही मन्त्री की मृत्यु का कारण था।

युक्तिपूर्ण उत्तर सुनते ही बेताल फिर राजा के कन्धे पर से गायब हो गया और राजा उसे खोजने चल पड़े।

पाप किसे लगेगा

राजा त्रिविक्रमसेन घोर अन्धकार में फिर शीशम के पेड़ के पास गए और बेताल को पेड़ पर से उतारकर कन्धे पर रखा। जब वे चलने लगे तो बेताल ने कहा—राजन, मैं एक कहानी सुनाता हूँ। ध्यान से सुनिए और फिर वह कहानी सुनाने लगा।

प्राचीन काल में वाराणसी में देवस्वामी नाम का एक ब्राह्मण रहता था। उसके पुत्र का नाम हरिस्वामी था। हरिस्वामी की स्त्री थी लावण्यप्रभा, जो अपने सौन्दर्य में अप्सरा के समान थी। पर संयोग ऐसा हुआ कि उसकी इस सुन्दर स्त्री को मदनवेग नाम का एक विद्याधर उठा ले गया। उस समय वह अपने पति के पास सोई हुई थी।

जब हरस्विामी की नींद खुली और उसने अपनी स्त्री को नहीं देखा तो वह उसके लिए बेचैन हो उठा। दुखी होकर वह अपनी स्त्री को यहाँ-वहाँ खोजने लगा। वह उसके लिए विलाप करने लगा—प्रिये, तुम कहाँ हो ? मैं तुम्हारे वियोग में अत्यन्त दुखी हो रहा हूँ। रात-दिन उसका इस प्रकार

रोते-कलपते बीतने लगा। इष्ट मित्रों ने उसे समझाया कि स्त्री कहीं गई नहीं है, मिल जाएगी। उसे खोजो। बहुत समझाने-बुझाने पर उसका चित्त कुछ शान्त हुआ। फिर उसने अपना समस्त धन ब्राह्मणों को दान कर दिया और भ्रमण करने के लिए निकल पड़ा।

हरिस्वामी काफी समय तक इधर-उधर भ्रमण करता रहा। अन्त में गर्मी का मौसम आ गया, तालाबों का पानी सूख गया। फूल मुरझा गए। उसी समय इधर-उधर भटकता हुआ भूखा-प्यासा हरिस्वामी एक गाँव में पहुँचा जहाँ पद्मनाभ नाम का एक ब्राह्मण यज्ञ कर रहा था। हरिस्वामी भोजन की आशा में उसके दरवाजे पर जाकर खड़ा हो गया।

पद्मनाभ की स्त्री ने जब दुखी हरिस्वामी को दरवाजे पर खड़ा देखा तो उसे बड़ी दया आई। उसने सोचा—भूख आदमी को कितना छोटा बना देती है। भूख बड़ी बलवान है। यह सोचकर उसने एक बर्तन में रखकर खीर दी और कहा—यह जगह ब्राह्मणों के भोजन करने के कारण अशुद्ध हो गई है। इसलिए तुम बावली के किनारे जाकर खाना।

हरिस्वामी ने बावली में हाथ-पैर धोए और पेड़ के नीचे बैठकर जैसे ही खीर खाने को हुआ कि ऊपर बाज के पंखे में दबे सर्प का विष खीर में गिर गया। पर भूखा हरिस्वामी यह देख न सका और जल्दी-जल्दी खीर खा गया। थोड़ी ही देर में विष का प्रभाव उसके शरीर में आ गया और वह तड़पने लगा। वह भागा-भागा ब्राह्मण की स्त्री के पास आया और बोला—तुम्हारी खीर में विष मिला था जो मुझे चढ़ गया है। अब जल्दी मेरी चिकित्सा कराओ। पर इतना कहते ही उसका प्राणान्त हो गया।

यज्ञ करनेवाले ब्राह्मण ने अतिथि की हत्या के अपराध में अपनी स्त्री को घर से निकाल दिया, हालाँकि उसकी स्त्री निर्दोष थी। दुखी स्त्री तीर्थ में जाकर तपस्या करने लगी। बाद में धर्मराज के यहाँ इस विषय पर बहस हुई कि ब्रह्महत्या का पाप किसे लगेगा—बाज को या सर्प को या खीर देनेवाली स्त्री को ?

कहानी सुनाकर बेताल बोला—राजन, आप ही इस प्रश्न का उत्तर दीजिए। यदि जानते हुए भी उत्तर न दिया तो मेरा शाप याद रखिए।

राजा ने उत्तर दिया—इसमें बाज को पाप नहीं लगेगा, क्योंकि वह तो अपना आहार खा रहा था। सर्प को भी पाप न लगेगा, क्योंकि वह बाज

के पंजे में दबा लाचार था। स्त्री को भी पाप न लगेगा, क्योंकि उसने भोजन देकर किसी प्रकार का अनुचित कार्य न किया था। भोजन शुद्ध था। इस प्रकार इन तीनों में किसी को भी पाप न लगेगा।

उचित उत्तर सुनकर बेताल फिर गायब हो गया और राजा उसे खोजने चल पड़े।

चोर रोया क्यों, चोर हँसा क्यों

राजा त्रिविक्रमसेन जब फिर बेताल को कन्धे पर रखकर चले तो बेताल बोला—राजन्, मैं आपको एक कहानी सुनाता हूँ, सुनिए। और उसने यह कहानी सुनाई।

किसी समय अयोध्या में वीरकेतु नाम का एक राजा रहता था। उसके राज्य में रत्नदत्त नाम का एक वणिक रहता था जो सभी वणिकों का प्रधान था। इसी रत्नदत्त को एक पुत्री हुई, जिसका नाम रत्नावली था और जो अत्यन्त लावण्यवती थी।

जब सुन्दर रत्नावली बड़ी हुई तो न केवल श्रेष्ठ वणिक ही, बल्कि राजा भी उसकी कामना करने लगे पर रत्नावली को तो पुरुषों से ऐसा द्वेष था कि इन्द्र से भी विवाह करने को तैयार न थी। विवाह का प्रसंग आने पर वह प्राण देने को तैयार हो जाती थी।

इसी समय अयोध्या में रोज चोरी होने लगी। प्रजा की शिकायत पर राजा ने चोर का पता लगाने के लिए सैनिक नियुक्त किए। पर वे भी चोर

का पता न लगा सके। तब राजा स्वयं हथियार लेकर चोर का पता लगाने निकला और उसने रात में एक आदमी को चहारदीवारी को फाँदते देखा। राजा समझ गया कि वही चोर है।

जब चोर ने राजा को देखा तो उससे पूछा—तुम कौन हो ? राजा ने उत्तर दिया—मैं चोर हूँ। 'अच्छा, तब तो तुम मेरे भाई हो'—यह कहकर चोर राजा को अपने घर ले गया। चोर का घर एक जंगल में जमीन के अन्दर था। घर में सभी प्रकार की सुविधाएँ और सम्पन्नता थी। राजा अन्दर जाकर आसन पर बैठ गया और चोर भीतर चला गया।

राजा जिस समय आसन पर बैठा था, एक दासी ने कहा—श्रीमान्, आप यहाँ क्यों आए हैं ? यह प्रसिद्ध चोर है और आपको बहुत बड़ा धोखा देगा। आप यहाँ से चले जाइए। राजा दासी की बात मानकर वहाँ से चुपचाप चला आया और जंगल में चोर पर चढ़ाई कर दी। चोर हथियार लेकर बड़ी वीरता से लड़ा। उसने तमाम सैनिक, हाथी और घोड़े खत्म कर दिए। पर अन्त में पकड़ लिया गया और राजा ने उसे फाँसी की सजा दी।

जब राजा के सैनिक उसे फाँसी देने के लिए ले जा रहे थे, रत्नावली ने उसे देखा और उस पर वह मोहित हो गई। उसने अपने पिता से कहा—पिताजी, जिस व्यक्ति को सैनिक फाँसी देने के लिए ले जा रहे हैं, मैंने उसी को अपने पति के रूप में चुना है। आप उसे बचा लीजिए, अन्यथा मैं भी उसी के साथ प्राण दे दूँगी।

रत्नावली की यह बात सुनकर पिता ने उसे बहुत समझाया। पर वह नहीं मानी। रत्नावली ने राजा से चोर को छोड़ देने की प्रार्थना की। पर राजा ने करोड़ों सोने की मुद्राएँ लेकर भी छोड़ना स्वीकार नहीं किया और फाँसी पर लटकाने का आदेश दे दिया। तब रत्नावली पालकी में बैठकर फाँसी देने के स्थान पर गई। उसके माता-पिता रोते हुए उसके साथ गए।

शूली पर चढ़े हुए चोर ने रत्नावली के बारे में जब यह सब सुना तो पहले तो वह रोया, फिर हँसा और तब प्राण त्याग दिए। साध्वी रत्नावली उसका शरीर लेकर सती होने को तैयार हो गई।

जिस समय रत्नावली पति के साथ चिता पर बैठी थी, शंकरजी अदृश्य रूप में प्रगट हुए और प्रसन्न होकर रत्नावली से वर माँगने को कहा। रत्नावली ने दो वर माँगे—एक के अनुसार उसने पुत्रहीन पिता के लिए सौ पुत्र माँगे

और दूसरे के अनुसार अपने पति के लिए प्राण माँगे। शंकरजी ने दोनों वरदान दिए। उसका पति जीवित हो गया और सभी लोग प्रसन्न होकर घर वापस आए। रत्नदत्त ने जामाता का घर पर स्वागत किया और पुत्र पाने की खुशी में उत्सव किया।

चोर और रत्नावली का विवाह हो गया। उसने चोरी करना छोड़ दिया। राजा को जब इस अद्भुत घटना की सूचना मिली तो उसने उस चोर को ही अपना सेनापति बनाया।

राजा को कहानी सुनाकर बेताल बोला–अब यह बताइए कि शूली पर चढ़ा चोर रोया क्यों और फिर हँसा क्यों ? राजा ने तुरन्त युक्तिपूर्ण उत्तर दिया–चोर रोया यह सोचकर कि जो वणिक बिना कारण उसका सगा बन गया, उससे वह कभी उऋण न हो सकेगा और हँसा यह सोचकर कि जिस रत्नावली ने पति रूप में राजाओं तक को अस्वीकार कर दिया, वह एक चोर को पति रूप में वरण कर रही है। स्त्री का स्वभाव बड़ा विचित्र है।

उत्तर सुनकर बेताल फिर गायब हो गया और राजा उसे फिर खोजने निकल पड़े।

पत्नी किसकी

राजा त्रिविक्रमसेन ने धैर्य के साथ बेताल को फिर खोज लिया। वह श्मशान में शीशम के पेड़ पर पूर्ववत् जा लटका था। राजा ने उसे पेड़ पर से उतारा और कन्धे पर रखकर चल पड़ा। तब बेताल ने राजा को एक कहानी सुनाई, जो इस प्रकार है।

नेपाल में शिवपुर नाम के नगर में यशःकेतु नाम का राजा राज करता था। उसने प्रज्ञासागर नामक अपने मन्त्री को सारा राजपाट सौंप दिया था और पत्नी चन्द्रप्रभा के साथ सुख से रहता था। कुछ समय बाद उसको एक पुत्री हुई। शशिप्रभा नाम की यह पुत्री बड़ी सुन्दर थी।

बड़ी होने पर शशिप्रभा एक दिन अपनी दासियों के साथ मेला देखने गई। उसी मेले में मनःस्वामी नाम का एक ब्राह्मण युवक भी आया हुआ था। उसने शशिप्रभा को देखा और आसक्त हो गया। वह उस समय फूल चुन रही थी मानो रति कामदेव के बाण के लिए फूल चुन रही हो। शशिप्रभा ने भी मनःस्वामी को देखा और वह भी उसके प्रति आसक्त हो गई। उसी

समय एक हाथी उन्मत्त होकर और पैरों में बँधे सिक्कड़ तोड़कर भागने लगा। चारों ओर हल्ला मच गया। सब लोग भागने लगे। राजकुमारी के रक्षक भी राजकुमारी को छोड़कर भाग गए। तब मनःस्वामी ने आकर उसे हाथों से उठा लिया और सुरक्षित स्थान पर ले गया। तब तक रक्षक भी आ पहुँचे और राजकुमारी को लिवा ले गए। जाते समय् राजकुमारी ने पलट-पलटकर मनःस्वामी को देखा।

अब शशिप्रभा रात-दिन मनःस्वामी के लिए विकल रहने लगी। यही दशा मनःस्वामी की भी थी। वह भी शशिप्रभा के बिना अपना जीवन निरर्थक समझ रहा था। अन्त में उसने इस विषय में अपने सिद्ध और चतुर गुरु मूलदेव की सहायता लेने की बात सोची और उसके पास जा पहुँचा। गुरु मूलदेव सदा अपने मित्र शशि के साथ रहता था। मूलदेव को सब सिद्धियाँ प्राप्त थीं।

मनःस्वामी ने गुरु के पास जाकर सारी बात बताई। गुरु ने इच्छा पूर्ण करने का वचन दिया और फिर उसने अपने मुँह में एक गोली डाली, जिससे वह वृद्ध ब्राह्मण बन गया। एक गोली उसने मनःस्वामी को मुँह में रखने को दी और मनःस्वामी सुन्दर लड़की बन गया। लड़की को लेकर सिद्ध मूलदेव राजा के पास, जो शशिप्रभा का पिता था, गया और बोला—महाराज, मेरे एक ही पुत्र है। उसके लिए मैं बड़ी दूर से एक लड़की लाया हूँ। पर वह कहीं चला गया है। मैं जब तक उसको लेकर आऊँ यह आपके पास रहेगी।

राजकुमारी शशिप्रभा उसे अपने साथ ले गई। मनःस्वामी लड़की के रूप में अपनी प्रिया के पास रहने लगा। शशिप्रभा भी सहेली मानकर उसके साथ बिलकुल घुल-मिल गई।

एक दिन लड़की बने मनःस्वामी ने उससे कहा—तुम निरन्तर दुबली होती जा रही हो। लगता है, तुम प्रिय के वियोग से दुखी हो। मुझे सब कुछ सच-सच बताओ। राजकुमारी ने मेले का सारा वृत्तान्त बताते हुए कहा—मैं उसी बचानेवाले ब्राह्मण युवक पर आसक्त हूँ और सपने में उसे देखा करती हूँ।

मनःस्वामी राजकुमारी की इन बातों को सुनकर बड़ा प्रसन्न हुआ। अपने को प्रगट करने का अवसर जानकर उसने मुँह में से गोली निकाली और वह असली रूप में आ गया। उसने बता दिया कि वही वह ब्राह्मण युवक है,

जिसके प्रति उसका प्रेम है। दोनों ने गन्धर्व रीति से विवाह कर लिया और सुख के साथ रहने लगे। मनःस्वामी दिन में लड़की बनकर रहता और रात में मुँह की गोली निकालकर पुरुष बन जाता।

कुछ समय बाद राजा यशःकेतु के साले मृगांकदत्ता ने अपनी पुत्री मृगंकवती का विवाह प्रज्ञासागर नामक मन्त्री के पुत्र से किया। विवाह में शशिप्रभा भी दासियों और सहेली बने मनःस्वामी के साथ गई। वहाँ मन्त्री पुत्र ने सुन्दर युवती बने मनःस्वामी को देखा और उसके प्रति मोहित हो गया। उसकी आसक्ति इतनी तीव्र थी कि उसकी दशा पागलों जैसी हो गई। इससे उसका पिता घबड़ा गया और राजा के पास पहुँचा। राजा चिन्तित हो उठा कि ब्राह्मण की धरोहर कन्या को वह मन्त्री के पुत्र को कैसे दे दे ! पर अन्त में यह देखकर कि शायद विरह के आवेग में मन्त्री का पुत्र प्राण न दे दे और यदि ऐसा हुआ तो मन्त्री भी न बचेगा और उसका राज्य नहीं चल जाएगा—उसने प्रजा की राय लेकर उस नकली युवती का विवाह मन्त्री के पुत्र से कर दिया।

नकली युवती ने विवाह में तो विशेष आपत्ति न की, पर एक शर्त लगा दी कि पति के पास वह छह महीने के बाद ही जाएगी, क्योंकि वह वाग्दत्ता है और वाग्दत्ता करनेवाले की छह महीने उसे प्रतीक्षा कर लेनी है। मन्त्री के पुत्र ने यह बात स्वीकार कर ली। वह अपनी पहली पत्नी मृगांकवती के पास इस नकली युवती को रखकर तीर्थयात्रा के लिए चला गया।

युवती बना मनःस्वामी मृगांकवती के साथ घुल-मिलकर रहने लगा। उसने उसका पूर्ण विश्वास प्राप्त कर लिया। एक दिन मृगांकवती ने कामोदीप्त होकर किसी पुरुष के सम्पर्क की कामना की। तब नकली युवती ने यह रहस्य बताया कि उसे पुरुष बनने की विद्या आती है। अपने मुँह की गोली निकालकर उसने अपना पुरुष रूप प्रगट कर दिया। एक-दूसरे का विश्वास प्राप्त कर दोनों ने सुख भोग किया। इस प्रकार मनःस्वामी दिन में युवती और रात में पुरुष बनकर सुख से रहने लगा।

जब छह महीने बाद मन्त्री के पुत्र के आने का समय हुआ तो मनःस्वामी मृगांकवती को लेकर भाग आया। मूलदेव सारी घटना जानकर और अपने मित्र शशि को योगबल से युवक बनाकर यशःकेतु के पास पहुँचा। उसने राजा से कहा—मैं अपने इस पुत्र को ले आया हूँ। अब मेरी पुत्रवधू को वापस

कर दीजिए। राजा विवश था। नकली पुत्रवधू का तो वह विवाह कर चुका था, अतः उसने कहा—आपकी पुत्रवधू तो न जाने कहाँ चली गई। पर मैं अपनी पुत्री का विवाह आपके पुत्र से कर देता हूँ। यह कहकर उसने शशिप्रभा की शादी शशि से कर दी।

धूर्त मूलदेव शशिप्रभा को लेकर आया। पर अब मनःस्वामी और शशि में शशिप्रभा के लिए झगड़ा शुरू हो गया। दोनों उसे अपनी पत्नी कहते थे। बेताल ने इतनी कहानी सुनाकर राजा से कहा—इस समस्या को आप ही हल करिए कि राजकुमारी शशिप्रभा किसकी पत्नी हुई ?

राजा ने कहा—राजकुमारी का शशि के साथ धर्मपूर्वक विवाह हुआ था। इसलिए वह शशि की ही पत्नी हुई। मनःस्वामी ने तो चोरी से उसे प्राप्त किया था और वह भी गन्धर्व विवाह करके। चोर का चोरी की वस्तु पर अधिकार नहीं माना जाता।

युक्तिपूर्ण उत्तर सुनते ही बेताल फिर गायब हो गया।

पराक्रमी कौन

राजा त्रिविक्रमसेन ने बेताल को फिर खोज लिया। वह शीशम के पेड़ पर जा लटका था। राजा बेताल को पेड़ पर से उतार, कन्धे पर रखकर चल पड़े। तब बेताल ने राजा के मनोरंजन के लिए यह कहानी सुनाई।

हिमालय पहाड़ पर कांचनपुर नाम का एक नगर था। उस नगर में विद्याधरों का स्वामी जीमूतकेतु रहता था। जीमेतकेतु को एक पुत्र हुआ, जिसका नाम जीमूतवाहन था। जीमूतवाहन को अपने पूर्व जन्म का सभी वृत्तान्त याद था। उसमें बोधिसत्व का अंश था। वह बड़ा पराक्रमी, दानी और दयालु स्वभाव का था और सदा गुरुजनों की सेवा में लगा रहता था।

जब जीमूतवाहन बड़ा हुआ तो राजा ने उसे युवराज पद दिया। उसके यहाँ एक कल्पवृक्ष था जो सब प्रकार की इच्छाएँ पूरी कर सकता था। उसे न कोई ले सकता था और न उसके रहते जीमूतवाहन का कोई कुछ बिगाड़ सकता था। इसलिए मन्त्रियों ने युवराज जीमूतवाहन को कल्पवृक्ष का सम्मान करते रहने की राय दी।

कल्पवृक्ष की यह विशेषता जानकर जीमूतवाहन अपने पिता के पास गया और बोला—पिताजी, संसार में सब कुछ क्षणिक है। तब अपने क्षणिक सुख भोगों के लिए ऐसे महान कल्पवृक्ष को हम अपने पास न रखें, बल्कि दूसरों की भलाई के लिए इसको त्याग दें।

पिता ने जीमूतवाहन को ऐसा ही करने का आदेश दिया। आदेश पाकर जीमूतवाहन कल्पवृक्ष के पास गया और बोला—देव कल्पवृक्ष, तुमने हमारे पूर्वजों की सभी इच्छाएँ पूरी की हैं अब कुछ ऐसा करो कि इस पृथ्वी की सभी गरीबी मिट जाए। मैं इस काम के लिए तुम्हारा त्याग करता हूँ। जीमूतवाहन के ऐसा कहते ही कल्पवृक्ष आकाश में उड़ गया और ऊपर की ख्याति चारों ओर फैल गई।

कल्पवृक्ष की यह विशेषता जानकर जीमूतवाहन अपने पिता के पास गया और बोला—पिताजी, संसार में सब कुछ क्षणिक है। तब अपने क्षणिक सुखभोगों के लिए ऐसे महान कृल्पवृक्ष को हम अपने पास न रखें, बल्कि दूसरों की भलाई के लिए इसको त्याग दें।

पिता ने जीमूतवाहन को ऐसा ही करने का आदेश दिया। आदेश पाकर जीमतूवाहन कल्पवृक्ष के पास गया और बोला—देव कल्पवृक्ष, तुमने हमारे पूर्वजों की सभी इच्छाएँ पूरी की हैं। अब तुम ऐसा करो कि इस पृथ्वी की सारी गरीबी मिट जाए। मैं इस काम के लिए तुम्हारा त्याग करता हूँ। जीमूतवाहन के ऐसा कहते ही कल्पवृक्ष आकाश में उड़ गया और ऊपर से सोने की बरसा करके धरती की सभी गरीबी मिटा दी। जीमूतवाहन की ख्याति चारों ओर फैल गई।

जीमूतवाहन की ख्याति से उसकी जाति के लोग इससे ईर्ष्या करने लगे। उन्होंने सोचा कि अब कल्पवृक्ष के न होने के कारण वे उसे जीत सकते हैं। वे युद्ध की तैयारियाँ करने लगे। पर जीमूतवाहन ने यह सोचकर कि युद्ध में सगे-सम्बन्धियों की हत्या होगी, लड़ना पसन्द नहीं किया। उसने अपने सम्बन्धियों के लिए राज्य छोड़ दिया और माता-पिता को लेकर मलय पर्वत पर चला गया। वहाँ चन्दन के वन से ढँके हुए एक झरने के पास गुफा में माता-पिता के साथ रहने लगा।

जीमूतवाहन माता-पिता की सेवा करते हुए अपना समय बिता रहा था, तभी सिद्धों के राजा विश्वावसु के पुत्र मित्रावसु से उसकी मित्रता हो गई।

एक दिन जीमूतवाहन बाग में घूमता-फिरता पार्वती के मन्दिर में जा पहुँचा। वहाँ एक अत्यन्त सुन्दर षोडशी पार्वती को प्रसन्न करने के लिए वीणा बजा रही थी। जीमूतवाहन विशाल नेत्रवाली उस सुन्दरी तन्वगी को देखते ही मोहित हो गया। वह षोडशी मित्रावसु की बहन मलयवती थी। मलयवती भी जीमूतवाहन को देखकर उसके प्रति आकृष्ट हुई और उसका परिचय प्राप्त किया। लज्जा के कारण मलयवती उसकी ओर देख भी नहीं पा रही थी। इसलिए उसकी सहेली ने मलयवती की ओर से जीमूतवाहन का स्वागत करते हुए एक माला दी, जिसे जीमूतवाहन ने मलयवती को पहना दिया। इस प्रकार दोनों का स्वयंवर विधि से विवाह हो गया।

मलयवती और जीमूतवाहन दोनों अपने-अपने घर वापस आए और एक-दूसरे के वियोग में समय गुजारने लगे। दूसरे दिन पार्वती के मन्दिर में आकर उसने मलयवती को फिर देखा। पर विरहिणी मलयवती अपने प्रिय को नहीं देख सकी और वियोग में प्राण देने को तैयार हो गई। इसके लिए उसने पेड़ से फन्दा लगाया और देवी से वरदान माँगा—मुझे अगले जन्म में जीमूतवाहन ही पति के रूप में मिले। यह कहकर जैसे ही उसने गले में फन्दा डाला कि उसका प्रिय उसके पास आ गया। मलयवती की इच्छा पूरी हो गई। बाद में दोनों का शुभ घड़ी में विवाह भी हो गया। दोनों सुखपूर्वक रहने लगे।

एक बार जीमूतवाहन मित्रावसु के साथ मलय पर्वत पर घूमते हुए समुद्र के किनारे एक जंगल में जा पहुँचा। वहाँ उसने हड्डियों का एक ढेर देखा। मित्रावसु ने इन हड्डियों के बारे में दयालु जीमूतवाहन को बताया कि एक बार सर्पों की माता कद्रू ने गरुड़ की माता विनता को खेल में धोखे से हराकर दासी बनाया था। बाद में गरुड़ ने अपनी माता को दासता से मुक्त करा लिया और बदले में उसके पुत्र सर्पों को पाताल में जाकर नष्ट करने लगा। वह कुछ सर्पों को मारता, कुछ को मसलता और कुछ सर्प भय से ही मर जाते।

सर्पों के राजा वासुकि यह देखकर चिन्ता में पड़ गए कि अब सभी सर्प शीघ्र ही नष्ट हो जाएँगे। तब उन्होंने गरुड़ से एक-एक कर रोज सर्प खाने की प्रार्थना की। रोज एक सर्प गरुड़ के पास जाता और वह उसको खा लेता। उन्हीं सर्पों की हड्डियों का यह ढेर है।

जीमूतवाहन को यह कहानी सुनकर बड़ा दुःख हुआ। उसने वासुकि की बहुत निन्दा की जो सर्पों का बिनाश कर रहा था। उसी समय उसने यह संकल्प भी किया कि वह गरुड़ को अपना शरीर देकर किसी एक सर्प के प्राण अवश्य बचाए। इसी समय मित्रावसु के पिता ने मित्रावसु को बुलाया। उसने मित्रावसु को लौटा दिया और स्वयं उपकार करने के उद्देश्य से वह अकेला गया।

जिस समय जीमूतवाहन अकेला टहल रहा था, उसने किसी के रोने की आवाज सुनी। एक चट्टान पर खड़े होकर एक दुखी और सुन्दर युवा नाग को देखा। एक वृद्ध स्त्री उसका नाम लेकर रो रही थी। वह रो-रोकर कहती थी—हाँ शंखचूर्ण, अब मैं तुम्हें न देख सकूँगी। हाय पुत्र, तुम्हारे बिना तुम्हारे वृद्ध पिता कैसे जीवित रहेंगे।

युवा नाग को गरुड़ के भोजन के लिए लाया गया था।

यह सुनकर बोधिसत्व का अंशरूप दयालु जीमूतवाहन उस वृद्धा के पास पहुँचा और बोला—माँ, मैं तुम्हारे पुत्र की प्राणरक्षा करूँगा। मैं गरुड़ को अपना शरीर भेंट कर दूँगा। तुम अपने पुत्र को लेकर घर जाओ। वृद्धा ने जीमूतवाहन को ऐसा करने से रोका, क्योंकि वह उसे भी पुत्र के समान ही मानने लगी थी। शंखचूर्ण ने भी जीमूतवाहन की दयालुता की प्रशंसा करते हुए उससे ऐसा न करने की प्रार्थना की। अपनी दुखी माँ को शंखचूर्ण ने विदा कर दिया और स्वयं समुद्र के किनारे भगवान गोकर्ण की पूजा करने चला गया।

इसी समय पंखों को पूरे आकाश में फैलता हुआ गरुड़ आया और चोंच मारकर जीमूतवाहन को ऊपर उठा लिया। जीमूतवाहन के शरीर से खून बहने लगा। उसका सिर धड़ से अलग हो गया। गरुड़ उसे खा जाने के लिए मलय पर्वत पर ले गया।

जिस समय गरुड़ जीमूतवाहन को खा रहा था, तभी जीमूतवाहन सोचने लगा—मैं ऐसे ही सदा दूसरों का उपकार करता रहूँ और उपकार के बिना स्वर्ग या मोक्ष भी मुझे न मिले।

इधर जीमूतवाहन का कटा हुआ सिर उसकी स्त्री की गोद में जाकर गिरा तो वह घबड़ा उठी। जीमूतवाहन के पिता ने योग बल से सारी घटना जान ली और अपनी रानी तथा पुत्रवधू को लेकर पुत्र के पास चल पड़ा।

शंखचूर्ण भी जब पूजा करके आया तो उसने खून की धार देखी। वह

समझ गया कि नवागन्तुक महापुरुष ने उसके स्थान पर गरुड़ के लिए अपने को सौंप दिया। वह जल्दी से उसी मलय पर्वत पर गया, जहाँ गरुड़ उसे खा रहा था। गरुड़ के द्वारा खाए जाने पर जीमूतवाहन बड़ा प्रसन्न हो रहा था। यह देखकर गरुड़ को आश्चर्य हुआ। उसने खाना बन्द कर दिया। इसी समय शंखचूर्ण भी वहाँ पहुँच गया। उसने गरुड़ से कहा—तुम्हें तो मुझको खाना था। तुम्हारा सर्प मैं हूँ। यह सर्प नहीं, सौम्य विद्याधर है।

इसी बीच जीमूतवाहन की स्त्री और माता-पिता भी वहाँ आ पहुँचे। क्षत-विक्षत अंगों में जब उन्होंने जीमूतवाहन को देखा तो रोने लगे। तभी उसकी मृत्यु हो गई। गरुड़ पछताने लगा कि इसने बोधिसत्व के अंश को खाकर पाप किया है। शंखचूर्ण भी बार-बार पछताने और दुखी होने लगा।

शोक के सागर में डूबी मलयवती आकाश की ओर देखने लगी और पार्वती को उलाहना देने लगी, जिन्होंने पहले वरदान दिया था कि उसका पति विद्याधरों का चक्रवर्ती राजा होगा और फिर यह परिस्थिति उत्पन्न की। मलयवती को दुखी देखकर पार्वती प्रगट हुईं और उन्होंने अपने कमंडल से जीमूतवाहन के शरीर पर अमृत छिड़क दिया। जीमूतवाहन जी उठा। देवी ने जीमूतवाहन को चक्रवर्ती होने का भी वरदान दिया और कहा—तुम एक कल्प तक विद्याधरों पर शासन करोगे।

जीमूतवाहन के जीवित होने पर गरुड़ भी प्रसन्न हुआ। अपने त्याग के बदले में गरुड़ ने उससे वरदान माँगने को कहा। जीमूतवाहन ने कहा—आगे से आप सर्पों को न खाएँ और जिन सर्पों की हड्डियाँ पड़ी हैं, उन्हें जीवित कर दें। गरुड़ ने आगे सर्प न खाने की प्रतिज्ञा की और मरे हुए सभी सर्पों को जीवित कर दिया। चारों ओर प्रसन्नता छा गई।

तब जीमूतवाहन अपने माता-पिता, पत्नी और अन्य मित्र तथा सगे-सम्बन्धी जो बाद में वहाँ पहुँच गए थे, सबको लेकर घर आया और चक्रवर्ती बनकर सुखपूर्वक शासन करने लगा। उसके राज्य में सब प्रकार की सम्पन्नता थी।

कहानी सुनाकर बेताल ने राजा से पूछा—अब यह बताइए कि शंखचूर्ण अधिक पराक्रमी था या जीमूतवाहन ? शाप से डरे हुए राजा ने उत्तर दिया—शंखचूर्ण अधिक पराक्रमी था। जीमूतवाहन को तो अनेक सिद्धियाँ प्राप्त थीं। पर शंखचूर्ण, जो मृत्यु से छुटकारा पा चुका था तब किसी और ने उसके

बदले में शरीर दे दिया था और गरुड़ भी दूर चला गयो था, फिर भी प्राण देने को तत्पर हो गया। इसलिए अधिक पराक्रमी वही माना जाएगा।

युक्तिपूर्ण उत्तर सुनकर बेताल फिर गायब हो गया और राजा उसे खोजने चला।

चरित्र की दृढ़ता किस में

राजा त्रिविक्रमसेन बेताल को शीशम के पेड़ पर से फिर उतारकर लाए और कन्धे पर रखकर चलने लगे। राजा की थकान दूर करने के लिए बेताल ने एक कहानी शुरू की।

कनकपुर नाम के नगर में यशोधन नाम का एक राजा रहता था। वह बड़ा योग्य और धार्मिक था। चारों ओर उसका यश फैला हुआ था। वह शास्त्रों में भी बड़ा निपुण था और जिस प्रकार उसके पास अधिक धन था, उसी प्रकार उसके पास अधिक सेना भी थी। वह बड़े दयालु हृदय का था।

यशोधन के राज्य में एक महासेठ भी था, जिसकी पुत्री का नाम उन्मादिनी था। उन्मादिनी अत्यन्त सुन्दर थी।

उन्मादिनी जब विवाह योग्य हुई तो महासेठ राजा के पास गया और बोला—महाराज, मैं अपनी पुत्री का विवाह करने जा रहा हूँ। इस विषय में सबसे पहले आपसे ही निवेदन करता हूँ। आप उचित समझें तो मेरी पुत्री को स्वीकार कर लें, अन्यथा अस्वीकार कर दें। राजा ने वणिक की बात

सुनकर ब्राह्मणों को उन्मादिनी के शुभ लक्षण देखने के लिए भेजा।

ब्राह्मण ने जब रूपसी उन्मादिनी को देखा तो उसका सौन्दर्य देखकर चकित रह गए। उन्होंने सोचा कि यदि राजा का इससे विवाह हुआ तो निश्चय ही राज्य नष्ट हो जाएगा। इसके सौन्दर्य में बँधकर राजा शासन में रुचि नहीं लेगा। ऐसा सोचकर उन्होंने राजा को बताया कि वणिक की पुत्री सुलक्षणा नहीं है। राजा ने उन्मादिनी को अस्वीकार कर दिया। वणिक ने अपनी पुत्री का विवाह बलधर नाम के एक सेनापति से कर दिया।

उन्मादिनी अपने पति के साथ सुख से रहने लगी। पर उसको यह बात खटकती ही रही कि राजा ने उसे कुलक्षणी मानकर छोड़ दिया।

एक बार राजा वसन्त महोत्सव देखने के लिए हाथी पर बैठकर निकला। उसी समय उन्मादिनी ने छत पर खड़े होकर राजा को अपना रूप दिखाया। यशोधन उन्मादिनी को देखते ही मोहित हो गया। वणिक की पुत्री पर मोहित राजा विरह की ज्वाला में जलने लगा। उसका शरीर इससे क्षीण होने लगा।

जब विश्वसनीय लोगों को यह बात मालूम हुई तो सबने राजा को उस षोडशी को प्राप्त करने की राय दी, क्योंकि राजा प्रजा से बड़ा है। पर दूसरे की स्त्री को लेना अधर्म मानकर राजा ने यह स्वीकार नहीं किया। तब सेनापति बलधर ने स्वयं राजा के पास आकर कहा—मेरी स्त्री आपकी दासी है। उसे एक स्त्री न समझें। मैं उसे आपको भेंट करता हूँ। अगर ऐसे स्वीकार न हो तो मैं उसे मन्दिर में छोड़ दूँगा। वह देवकुल की हो जाएगी। तब आपको उसे ग्रहण करने में कोई दोष न लगेगा।

पर धर्मभीरू राजा ने यह प्रस्ताव भी स्वीकार नहीं किया और सेनापति को ऐसा अनुचित प्रस्ताव करने के लिए फटकारा। धीरे-धीरे विरह की आग में जलते हुए राजा समाप्त हो गया। स्वामी की मृत्यु से सेनापति को ऐसा सदमा लगा कि वह भी आग में जलकर मर गया।

इतनी कहानी सुनाकर बेताल ने राजा से पूछा—राजन, राजा और सेनापति में से अधिक दृढ़ चरित्र का कौन है ? जानते हुए भी सही उत्तर न दिया तो मेरे शाप से आपके सिर के सौ टुकड़े हो जाएँगे।

राजा ने शाप के डर से मौन तोड़ा और कहा—राजा अधिक दृढ़ चरित्र का था। यदि राजा चाहता तो उम्मादिनी को प्राप्त कर सकता था। उन्मत्त राजा तो शास्त्र और धर्म की मर्यादा भी तोड़ सकता है। पर राजा ने ऐसा

नहीं किया। उसने मर्यादा का पालन किया और प्राण दे दिए। रहा सेनापति, तो वह कुलीन वंश का था और सेवक था। उसके लिए ऐसा व्यवहार उचित ही था। इसमें दृढ़ता की कोई बात नहीं।

युक्तिपूर्ण उत्तर सुनते ही बेताल फिर गायब हो गया और राजा उसे ढूँढ़ने चल पड़े।

विद्या क्यों नष्ट हुई

राजा त्रिविक्रमसेन फिर बेताल को खोजते हुए भयानक श्मशान में पहुँचे और शीशम के पेड़ पर से बेताल को उतारकर कन्धे पर रखा तथा मुनि के पास चल पड़े। राजा के धैर्य की प्रशंसा करते हुए बेताल ने कहा—राजन, एक कहानी सुनिए। और बेताल ने यह कहानी सुनाई।

उज्जैनी नाम की एक नगरी है। इसमें शिव का निवास है और यहाँ सब प्रकार की सम्पन्नता है। यहाँ चन्द्रप्रभ नाम का एक राजा रहता था, जिसके मन्त्री का नाम देवस्वामी था। ब्राह्मण देवस्वामी बड़ा धनी था। उसने अनेक यज्ञ किए थे।

देवस्वामी का पुत्र था चन्द्रस्वामी, जो बड़ा होने पर जुआड़ी हो गया। एक बार वह जुआ खेलने के लिए जुए के अड्डे पर गया और जुए में सब कुछ गँवा बैठा। उसने अपने कपड़े और दूसरे से उधार लिये धन को भी गँवा दिया। माँगने पर जब वह उधार का धन न दे सका तो अड्डे के मालिक ने उसे बहुत पीटा और जुआड़ियों से उसको अन्धे कुएँ में फेंक आने को

कहा। जुआड़ी चन्द्रस्वामी को ले गए। पर उसे मरा हुआ समझकर जंगल में छोड़कर चले आए।

जब चन्द्रस्वामी को कुछ होश आया तो वह पास के एक मन्दिर में गया। वहाँ अपनी दीन दशा पर वह दुखी होने लगा कि किस प्रकार लोगों ने उसे ठग लिया। तभी सूर्यास्त हो गया। थोड़ी देर बाद मन्दिर में भभूत रमाए एक तपस्वी आया। तपस्वी ने चन्द्रस्वामी का परिचय पूछा और कहा—यह मेरा आश्रम है। तुम भूखे हो। मैं भीख माँगकर जो कुछ लाया हूँ, उसमें से तुम भी खाओ।

चन्द्रस्वामी ने कहा—मैं ब्राह्मण हूँ। आपकी भीख में से कैसे हिस्सा बँटा सकता हूँ। तब तपस्वी ने सिद्धिदायिनी विद्या का स्मरण किया और एक सुन्दर नगर बना दिया। नगर में एक बगीचा और स्त्रियाँ भी थीं।

स्त्रियों नें चन्द्रस्वामी से कहा—महाशय, उठिए और स्नान करिए तथा भोजन करिए। यह कहकर स्त्रियों ने उसे स्नान कराया, कपड़े पहनाए और एक कमरे में एक अत्यन्त सुन्दर स्त्री के पास ले जाकर बैठा दिया। युवती ने चन्द्रस्वामी के साथ भोजन किया। चन्द्रस्वामी ने सुख से रात बिताई।

जब सुबह हुई तो वहाँ केवल मन्दिर ही रह गया। चन्द्रस्वामी युवती के लिए बेचैन हो उठा। तपस्वी यह देखकर रोज रात को सिद्धिबल से नगर की रचना कर दिया करता था। चन्द्रस्वामी इस प्रकार सुख से रहने लगा। एक दिन चन्द्रस्वामी ने तपस्वी से कहा—यह विद्या आप मुझे भी सिखा दीजिए। तपस्वी ने उत्तर दिया—तुम्हारे लिए यह विद्या कठिन है, क्योंकि इसकी साधना जल में की जाती है। और साधना करते समय यह भ्रम भी उत्पन्न किया जाता है कि साधक का फिर से जन्म हुआ है। वह बाल्यावस्था से युवावस्था में आता है, विवाह करता है, पिता बनता है और शत्रु तथा मित्रों के जाल में फँसता है। पर यह सब भ्रम है।

तपस्वी ने आगे बताया—जो चौबीस वर्ष तक गुरु से ज्ञान पा लेने के बाद इस साधना में प्रवेश करते हैं, उन्हें ही अपने जीवन का स्मरण रहता है और वे जानते रहते हैं कि यह सब माया का प्रभाव है। वे ही जल में रहकर सिद्धि पाते हैं। पर यदि सिद्धि न मिले तो अनुपयुक्त पात्र को विद्या देने के कारण गुरु की विद्या भी नष्ट हो जाती है। इसलिए तुम आग्रह मत करो, नहीं तो यह भी हो सकता है कि जो सुख मिल रहा है, वह भी समाप्त

हो जाए।

चन्द्रस्वामी ने यह सब सुनकर भी हठ किया और विद्या सीखनी आरम्भ कर दी। उसने जल में प्रवेश किया और मन्त्र जपने लगा। उसी समय माया के प्रभाव से वह सारी बातें भूल गया। उसने देखा कि वह एक नगर में ब्राह्मण पुत्र के रूप में जन्मा है। बड़ा होने पर उसका विवाह हुआ और उसे सन्तान हुई। वह परिवार और कुटुम्ब के साथ रहने लगा। तभी गुरु ने मन्त्र बल से माया नष्ट कर दी। चन्द्रस्वामी को अपनी और अपने गुरु की याद आ गई।

अब चन्द्रस्वामी ने दिव्य और असाध्य फल के लिए अग्नि में प्रवेश करने की तैयारी की। उसी समय उसके गुरु और परिवार के लोग ऐसा करने से रोकने लगे। तब उसने अपने बूढ़े माता-पिता, पत्नी और बच्चों को रोते देखा। वह सोचने लगा कि उसके ऐसा करने से ये सभी लोग समाप्त हो जाएँगे। उसे अपने गुरु के मन्त्र पर अविश्वास होने लगा। किन्तु फिर गुरु पर विश्वास करके वह अग्नि में प्रवेश कर गया।

चन्द्रस्वामी को अग्नि शीतल लगी। अब माया का प्रभाव मिट चुका था। वह जल के बाहर आया। बाहर आकर उसने गुरु को प्रणाम किया और आदि से अन्त तक सब कुछ बताते हुए अग्नि के शीतल होने की भी बात कही। गुरु ने उससे कहा—अग्नि को शीतल नहीं होना चाहिए था। शायद उसकी विद्या नष्ट हो गई। वास्तव में विद्या नष्ट हो चुकी थी।

बेताल ने कहानी सुनाकर राजा से कहा—अब यह बताइए कि सही तरीके से सब कुछ करने पर भी दोनों की विद्या क्यों नष्ट हुई ? राजा ने उत्तर दिया—विद्या धैर्य और द्विविधा रहित मन से मिलती है। ब्राह्मण युवक सब कुछ जानकर भी विद्या पर सन्देह कर बैठा। अपात्र को विद्या देने के कारण ही दोनों की विद्या नष्ट हुई।

युक्तिपूर्ण उत्तर सुनकर बेताल फिर गायब हो गया और राजा उसे खोजने चल पड़े।

पिता कौन

राजा त्रिविक्रमसेन को बेताल फिर शीशम के पेड़ के ऊपर मिला। उन्होंने बेताल को उतारकर कन्धे पर रखा और चलने लगे। तब बेताल ने यह कथा सुनाई।

वक्रोलक नाम के नगर में सूर्यप्रभ नाम का एक राजा राज्य करता था। उसके राज्य में सब प्रकार की सम्पन्नता थी। कमी एक ही थी कि अनेक रानियों के रहते हुए भी उसे कोई सन्तान नहीं थी।

सूर्यप्रभ के राज्य में धनपाल नाम का एक महाजन भी रहता था। धनपाल की एक पुत्री थी जो अत्यन्त सुन्दर थी और जिसका नाम धनवती था। पुत्री जब बड़ी हुई तो धनपाल की मृत्यु हो गई। उसके सम्बन्धियों ने उसका सारा धन हड़प लिया। तब महाजन की स्त्री हिरण्यवती छिपाकर रखे अपने गहनों को लेकर पुत्री के साथ घर से भाग निकली।

रात के अँधेरे में माँ और बेटी जा रही थीं। रास्ते में एक चोर को शूली पर चढ़ाया गया। दिखाई न देने के कारण हिरण्यवती का चोर को धक्का

लग गया। चोर जीवित था। धक्का लगने से वह चीख पड़ा–हाय, घाव पर यह किसने नमक छिड़क दिया। हिरण्यवती ने चोर के विषय में जानकारी प्राप्त की और अपने विषय में चोर को सब कुछ बताया।

चोर ने जब चन्द्रमा की चाँदनी में हिरण्यवती के साथ एक षोडशी को भी देखा तो उससे कहा–अपनी पुत्री मुझे दे दो और बदले में मुझसे एक हजार सोने की मुहरें ले लो। जब हिरण्यवती ने जीवन की अन्तिम बेला में ऐसी विचित्र माँग के विषय में पूछा तो चोर ने कहा–मैं पुत्रहीन हूँ और मेरी आयु समाप्त हो रही है। बिना पुत्र के सद्गति नहीं होगी। यह षोडशी मेरी आज्ञा से जो पुत्र उत्पन्न करेगी, वह मेरा क्षेत्रज पुत्र होगा। इसलिए मेरी इच्छा पूरी कर दो।

धन के लालच में हिरण्यवती ने बात स्वीकार कर ली और चोर को कन्यादान कर दिया। चोर ने अपनी स्त्री को क्षेत्रज पुत्र उत्पन्न करने का आदेश दिया तथा पेड़ के नीचे गड़ी सोने की एक हजार मुहरें हिरण्यवती को बता दीं। चोर ने यह भी कहा कि मेरे मरने के बाद मेरी हड्डियाँ किसी तीर्थ में प्रवाहित कर देना और वक्रोलक नगर में जहाँ सूर्यप्रभ का शासन है, सुख से रहना।

चोर के मरने के बाद हिरण्यवती ने उसका संस्कार करया और वक्रोलक नगर में आकर एक मकान में रहने लगी। उसी समय विष्णुस्वामी नाम के किसी गुरु के मनःस्वामी नामक ब्राह्मण शिष्य पर धनवती की नजर पड़ी। मनःस्वामी यद्यपि विद्वान और अच्छे कुल का था, पर वह एक वारांगना में आसक्त था। किन्तु वारांगना उससे पाँच सौ सोने की मुहरें माँगती थी।

धनवती ने उस युवक की सुन्दरता की बात अपनी माँ से कही। माँ को चोर की बात याद आ गई, जिसने उसकी पुत्री को क्षेत्रज पुत्र उत्पन्न करने का आदेश दिया था। फलस्वरूप हिरण्यवती ने युवक को बुलाया और सब कुछ उसे बताया। उसने पाँच सौ सोने की मुहरें लेकर उसकी पुत्री के साथ रहना स्वीकार कर लिया।

कुछ समय बाद धनवती को एक पुत्र हुआ। शंकरजी ने स्वप्न में धनवती से कहा कि वह एक हजार सोने की मुहरों के साथ पुत्र को राजा के महल के फाटक पर रख आए। माँ और पुत्री ने ऐसा ही किया। निस्सन्तान

सूर्यप्रभ को भी शंकर जी ने स्वप्न में ऐसा ही कहा कि सिंहद्वार पर पालने में लेटे सुन्दर बालक को ले जाओ। राजा ने जब सेवकों को भेजा तो सिंहद्वार पर बालक मिला। उसके साथ एक हजार सोने की मुहरें थीं।

धन के साथ पुत्र को पाकर राजा बड़ा प्रसन्न हुआ। उसने भारी उत्सव किया और बालक को पुत्रवत मानकर पाला। उसका नाम उसने चन्द्रप्रभ रखा।

चन्द्रप्रभ बड़ा हुआ। वह बड़ा योग्य, वीर और दयालु निकला। पुत्र को सब प्रकार से योग्य पाकर वयोवृद्ध राजा राज्य सौंपकर वाराणसी चला गया। वहीं उसका प्राणान्त हो गया। पिता की मृत्यु होने पर चन्द्रप्रभ ने उसके सभी संस्कार किए और गंगा में हड्डियाँ प्रवाहित करके गया में जाकर पिंडदान करने का निश्चय किया। मन्त्रियों को राज्य सौंपकर ब्राह्मण और पुरोहितों के साथ वह तीर्थों के लिए चल पड़ा।

स्थान-स्थान पर घूमता और विधि वेष तथा बोलियों को देखता-सुनता वह गंगा के किनारे आया। गंगा के कल-कल प्रवाह ने उसका मन मोह लिया। हर क्षण उठती लहरों में उसे स्वर्ग की सीढ़ियाँ दिखाई देने लगीं। अपने पिता की हड्डियाँ उसने गंगा में प्रवाहित की और श्राद्ध दान आदि कार्य किए। फिर वाराणसी में आकर शिव की उपासना की और तीन दिन वहाँ रहकर गया पहुँचा।

जब चन्द्रप्रभ ने गयाकूप में पिंडदान किया तो उसको लेने के लिए नीचे से हाथ उठे। वह घबड़ा गया और ब्राह्मणों से पूछा कि किसको पिंडदान करें। ब्राह्मणों ने कहा—इनमें एक हाथ चोर का है, क्योंकि उस हाथ में लोहे की शूली है, दूसरा हाथ ब्राह्मण का है, जिसमें पवित्री है और तीसरा हाथ जिसमें अँगूठी है और जिसमें उत्तम लक्षण हैं, किसी राजा का है। पर इसमें से पिंडदान किसे किया जाए, यह बताना कठिन है।

बेताल ने पूरी कहानी सुनाकर कहा—राजन, अब आप बताइए कि पिंड का वास्तविक अधिकारी कौन है ? राजा ने कहा—राजा चन्द्रप्रभ चोर का क्षेत्रज पुत्र है, अतः वही पिंड का वास्तविक अधिकारी है। जिस ब्राह्मण युवक ने जन्म दिया, उसने तो धन लेकर काम किया। उसने अपने को बेच दिया। अतः वह पिता नहीं। पालन-पोषण करनेवाला राजा भी वस्तुतः पिता नहीं। जिसके साथ चन्द्रप्रभ की माँ का कन्यादान हुआ था और जिसने क्षेत्रज पुत्र

उत्पन्न करने का आदेश दिया था, वही पिता है और उसे ही पिंड मिलना चाहिए।

राजा के युक्तिपूर्ण उत्तर को सुनकर बेताल फिर कहीं चला गया और राजा उसे खोजने चल पड़े।

बालक क्यों हँसा

राजा त्रिविक्रमसेन जब फिर बेताल को कन्धे पर रखकर चलने लगे तो बेताल ने कहा—राजन, आप क्यों इतना कष्ट उठा रहे हैं ? जाकर आराम से रात बिताइए और यदि यही करना है तो एक कहानी सुनिए। यह कहकर बेताल ने इस प्रकार कहानी सुनाई।

चित्रकूट नाम के नगर में चन्द्रावलोक नाम का राजा राज्य करता था। वह वीर था, त्यागी था और सुन्दर था। पर अपने लिए उपयुक्त पत्नी न पाने के कारण दुखी रहता था।

एक बार राजा शिकार खेलने गया और जंगली सूअरों का शिकार करता हुआ वन के भीतर चला गया। घोड़ा राजा को वन में इतने भीतर ले गया कि राजा रास्ता भूल गया। उसे पास ही में एक तालाब दिखाई दिया। तालाब के किनारे जाकर उसने घोड़े की जीन खोल दी और उसे पानी पिलाया। फिर स्वयं भी स्नान किया और थकावट दूर की। तभी उसे पेड़ के नीचे बैठी एक अत्यन्त सुन्दर मुनि कन्या दिखाई दी। उसके साथ में उसकी सखी थी।

राजा मुनि कन्या के पास गया। मुनि कन्या भी राजा के सौन्दर्य को देखकर चकित रह गई। उसने तिरछी आँखों से राजा को देखा और फिर लज्जा के कारण वहाँ से उठकर जाने लगी। तब राजा ने नम्र होकर उससे कहा—जो आदमी दूर से आया हो और जिसने पहली ही बार तुम्हें देखा हो, उसका स्वागत किए बिना तुम चली जा रही हो। तुम्हारे आश्रम का यह कैसा नियम है ? राजा की ऐसी बातें सुनकर सखी ने उसका सत्कार किया। जब राजा ने उस षोडशी का परिचय पूछा तो पता लगा कि वह कण्व ऋषि की पुत्री है। मेनका उसकी माँ है और इन्दीवरप्रभा उसका नाम है।

षोडशी का परिचय पाकर राजा उसे माँगने के लिए ऋषि के पास गए। ऋषि ने राजा का आदर किया और शिकार करना छोड़कर प्रजा पालन का उपदेश दिया। ऋषि के उपदेश देने पर राजा ने शिकार न करने का संकल्प किया। इस पर ऋषि ने प्रसन्न होकर वरदान माँगने को कहा। राजा ने वरदान में इन्दीवरप्रभा को पाने की आकांक्षा प्रगट की। ऋषि ने प्रसन्न होकर इन्दीवरप्रभा राजा को दान कर दी।

राजा चन्द्रावलोक शृंगार किए हुए इन्दीवरप्रभा को लेकर चल पड़ा। विदाई के समय ऋषि कण्व बड़े दुखी हुए। राजा अपनी पत्नी को लेकर जा रहा था कि दिन डूब गया। तब उसने पीपल के एक पेड़ के नीचे विश्राम करने का निश्चय किया। अपनी स्त्री के साथ रहकर उसने आलिंगन आदि के द्वारा उसकी लज्जा दूर की और सुख से रात बिताई।

सवेरा हुआ। किन्तु उसी समय वहाँ एक ब्रह्मराक्षस पैदा हो गया। वह काले-काले बादलों के समान लग रहा था। वह अँतड़ियों की माला पहने हुए था और आदमी का मांस खा रहा था। वह गरजकर बोला—रे नीच, मैं ब्रह्मराक्षस हूँ। मेरा नाम ज्वालामुख है। तू ने अपनी स्त्री के साथ पीपल के नीचे रात बिताकर इस पीपल को अपवित्र किया है। अब मैं तेरा हृदय खाऊँगा और तेरा रक्त पिऊँगा।

चन्द्रावलोक भयभीत हो गया। उसने विनयपूर्वक कहा—गलती के लिए क्षमा करें। आप जो भी मनुष्य या पशु कहेंगे मैं लाकर दूँगा। पर आप प्रसन्न हो जाएँ। ब्रह्मराक्षस ने कहा—सात दिन के अन्दर तुम किसी ऐसे ब्राह्मण के लड़के को लाओ जो सात वर्ष का हो, वीर हो, विवेकी हो और अपनी इच्छा से अपने को तुम्हें समर्पित करे। इसके साथ ही तुम उसे मारो और

जब मारो तब उसकी माँ उसके हाथ पकड़ी रहे तथा पिता पैर पकड़े रहें यदि इतना तुम करो तो मैं तुम्हें क्षमा कर सकता हूँ।

राजा ऐसा ही करने की प्रतिज्ञा करके इन्दीवरप्रभा के साथ अपने राज्य में आया। प्रजा ने उसका स्वागत किया। पर राजा तो मन में दुखी था। उसने इस विषय में मन्त्रियों से राय ली। सुमति नामक एक मन्त्री ने उससे कहा—मैं ऐसे ब्राह्मण बालक को ले आऊँगा। आप निश्चिन्त रहें।

सुमति ने सात वर्ष के लड़के की उम्र की एक सोने की मूर्ति बनवाई और पालकी में रखकर गाँव-गाँव घुमवाया। इसके साथ ही ब्रह्मराक्षस की सभी घोषणाएँ भी करवाई। ढिंढोरा पिटने लगा। तभी एक सात वर्ष का त्यागी ब्राह्मण बालक आया और उसने दूसरों की भलाई के लिए अपने को त्यागने का निश्चय किया। माता-पिता के पास जाकर उसने कहा—मैं अपना त्याग करना चाहता हूँ। इसके बदले में आप लोगों को सोने की मूर्ति और सौ गाँव मिलेंगे। आपकी गरीबी हमेशा के लिए मिट जाएगी।

माता-पिता ने पुत्र को बहुत समझाया। पर दूसरों की भलाई के लिए जीवित रहनेवाले बालक ने माता-पिता की बात नहीं मानी। वह माता-पिता को लेकर चित्रकूट चल पड़ा।

बलिदान के लिए वेदी बनाई गई। पुरोहितों ने मन्त्र पढ़ा और ब्रह्मराक्षस प्रगट हो गया। माँ ने बालक के हाथ पकड़े और पिता ने पैर। पर ज्यों ही राजा ने उसे मारने के लिए तलवार उठाई कि बालक बड़ी जोर से हँसा। हँसी सुनकर सब आश्चर्य में पड़ गए और उस बालक की ओर देखने लगे।

कहानी सुनाकर बेताल ने राजा से पूछा—अब यह बताइए कि मृत्यु के समय बालक हँसा क्यों ? न बताया तो मेरा शाप याद होगा ही।

राजा ने उत्तर दिया—दुर्बल आदमी संकट के समय माता-पिता को पुकारता है। माता-पिता के न होने पर वह राजा को पुकारता है, क्योंकि राजा प्रजा का रक्षक है। राजा के न होने पर दुर्बल व्यक्ति देवता को स्मरण करता है। पर वहाँ तो सभी अपने-अपने स्वार्थ में पड़े थे। माता-पिता धन लेकर वध कर रहे थे, राजा स्वयं वधिक था और ब्रह्मराक्षस देवता था, जिसके लिए बालक मारा जा रहा था। नश्वर शरीर के लिए सभी में इतनी ममता

देखकर बालक को बड़ा अचम्भा हुआ। दूसरों के लिए प्राण त्याग से वह प्रसन्न भी था। इतनी अचम्भे और प्रसन्नता के कारण बालक जोर से हँस पड़ा।

युक्तिपूर्ण उत्तर सुनकर बेताल फिर कहीं गायब हो गया और राजा उसे खोजने चल दिए।

प्रेम में सबसे अधिक अन्धा कौन

राजा त्रिविक्रमसेन ने महाश्मशान में फिर बेताल को खोज लिया और उसे कन्धे पर रखकर चल पड़े। तब बेताल ने राजा को यह सरल कहानी सुनाई।

किसी समय विशाला नाम के नगर में पद्मनाश नाम का एक राजा राज्य करता था। उसके राज्य में अर्थदत्त नाम का एक बड़ा धनी व्यापारी था। इस व्यापारी को एक अत्यन्त सुन्दर पुत्री थी, जिसका नाम अनंगमंजरी था। पिता ने ताम्रलिप्ति के एक धनी व्यापारी के मणिवर्मा नामक पुत्र से अनंगमंजरी का विवाह कर दिया था। इकलौती सन्तान होने के कारण पिता ने पुत्री और दामाद दोनों को अपने ही यहाँ रख लिया।

मणिववर्मा अपनी प्रिया अनंगमंजरी को हृदय से चाहता था। पर अनंगमंजरी उसे लेशमात्र भी पसन्द न करती थी। एक बार मणिवर्मा माता-पिता से मिलने ताम्रलिप्ति गया। तभी गर्मी का भयानक मौसम शुरू हो गया। मणिवर्मा जल्दी वापस न आ सका।

उसी समय की बात है। एक दिन अनंगमंजरी अपनी सखियों के साथ

महल के एक ऊँचे झरोखे में बैठी थी। उसने चन्दन का लेप किया था और रेशमी वस्त्र पहने थे। झरोखे से उसने एक सुन्दर ब्राह्मण युवक को देखा। उस युवक का नाम कमलाकर था। वह राजपुरोहित का पुत्र था। कमलाकर ने भी झरोखे में बैठी षोडशी को देखा। दोनों के हृदय एक-दूसरे के साथ बँध गए। विरह पीड़ित कमलाकर अपने घर गया और अनंगमंजरी भी विरह-व्यथा लेकर अपने घर में आई।

अनंगमंजरी दो-तीन दिन विरह की आग में जलती रही। तब एक दिन उसने प्राण त्यागने का निश्चय कर लिया। वह रात में अपने उस बगीचे में आई, जहाँ पेड़ थे और जहाँ उसके पिता ने चामुंडा देवी का एक मन्दिर बनवाया था। अनंगमंजरी ने देवी के सामने अगले जन्म में कमलाकर को पति रूप में पाने की प्रार्थना करते हुए अशोक के पेड़ में फन्दा डाला। इसी बीच उसको खोजते हुए उसकी सखी आ पहुँची। सखी को उसने अपनी विरह दशा बताई और तुरन्त बेहोश हो गई। तब उसकी सखी ने ठंडे पानी के छींटे मारे और हवा की। धीरे-धीरे अनंगमंजरी को होश आ गया। होश आने पर अनंगमंजरी बोली—सखी, यदि तुम मुझे जिलाना ही चाहती हो तो मेरे प्रियतम से मेरी भेंट करा दो। सखी ने उसकी इच्छा पूरी करने का विश्वास दिलाया।

सुबह होते ही अनंगमंजरी की सखी मालतिका कमलाकर के घर गई। कमलाकर भी अनंगमंजरी के विरह में समय गुजार रहा था और हृदय से बड़ा दुखी था। मालतिका ने कमलाकर से कहा—महाशय, आपने पहले तो एक भोली षोडशी का हृदय चुराया और उसी से विमुख हो गए हैं। यदि आप चाहें तो मैं आपका और उसका मिलन करा सकती हूँ। इतना कहकर उसने उसे रात में अनंगमंजरी के बगीचे में आने को कहा।

रात हुई। कमलाकर सजकर अपनी प्रिया से मिलने चला। अनंगमंजरी भी अपने प्रिय से मिलने आई। दोनों ने एक-दूसरे को देखा और मिलने के लिए आगे बढ़े। पर प्रिय से मिलकर अनंगमंजरी को इतनी अधिक खुशी हुई कि वह अपनी खुशी सँभाल न सकी और उसका प्राणान्त हो गया। प्रिया की मृत्यु देखकर कमलाकर को भी इतना सदमा पहुँचा कि उसकी भी मृत्यु हो गई।

सुबह होने पर माली ने घरवालों को खबर दी। लज्जा, दुःख और

आश्चर्य में डूबे घर के लोग वहाँ आए। संयोग से प्रिया के लिए उत्कंठित मणिवर्मा भी वहाँ आ पहुँचा। उसने अपनी मृतक स्त्री को परपुरुष के साथ देखा, फिर भी पत्नी के प्रति अत्यधिक प्रेम होने के कारण उसकी भी मृत्यु हो गई।

अनंगमंजरी के पिता का बनवाया हुआ चामुंडा का मन्दिर पास में ही था। वहाँ देवी के गणों ने जाकर प्रार्थना की—हे देवी, अनंगमंजरी के पिता अर्थदत्त ने ही यहाँ आपकी प्रतिष्ठा की है। अर्थदत्त भी सदा आपका भक्त रहा है। इसलिए इस समय आप अपने भक्त का दुःख दूर करें।

गणों की प्रार्थना सुनकर देवी ने तीनों प्रेमियों को जीवित कर दिया। देवी ने उनकी कलुषित भावना भी समाप्त कर दी। कमलाकर लज्जित होकर अपने घर चला गया। अर्थदत्त अपनी पुत्री और जामाता को खुशी-खुशी घर लाया।

कहानी सुनाकर बेताल ने कहा—राजन्, अब यह बताइए कि इन तीनों प्राणियों में प्रेम में सबसे अधिक अन्धा कौन है ? यदि जानते हुए भी आपने सही उत्तर न दिया तो मेरे शाप के प्रभाव से आपके सिर के सैकड़ों टुकड़े हो जाएँगे।

और राजा ने बेताल को यह उत्तर दिया—इनमें प्रेम में सबसे अधिक अन्धा मणिवर्मा ही है। अनंगमंजरी और कमलाकर का प्रेम तो समय के साथ बढ़ा था और इससे दोनों ने प्राण दिए। पर मणिवर्मा ने दूसरे के साथ अपनी पत्नी को देखकर भी क्रोध नहीं किया, बल्कि प्रेमवश प्राण त्याग दिए। इससे प्रेम में सबसे अधिक अन्धा वही हुआ।

राजा का युक्तिपूर्ण उत्तर सुनकर बेताल फिर गायब हो गया और राजा उसे खोजने चल पड़े।

अपराधी कौन

राजा त्रिविक्रमसेन ने फिर बेताल को उसी शीशम के पेड़ पर पाया। उन्होंने बेताल को पेड़ पर से उतारा और कन्धे पर रखकर चलने लगे। तब बेताल ने राजा को एक नई कहानी सुनाई। कहानी का प्रकार है :

प्राचीन काल में कुसुमपुर नाम के नगर में धरणीविरह नाम का एक राजा राज्य करता था। उसके राज्य में ब्राह्मण ही अधिक थे। इन्हीं ब्राह्मणों का एक गाँव था ब्रह्मस्थल, जहाँ विष्णुस्वामी ऩाम का एक ब्राह्मण रहता था।

ब्राह्मण के चार पुत्र थे। चारों ने वेदों का अध्ययन किया। पर अभी वे बालक ही थे कि उनके माता-पिता का स्वर्गवास हो गया। जातिवालों ने उनका सब धन हड़प लिया। वे बहुत दुखी हो गए। तब उन्होंने अपने नाना के यहाँ यक्षस्थल नामक गाँव में जाने का निश्चय किया।

नाना का देहान्त हो गया था। पर मामाओं ने फिर भी चारों भाइयों को शरण दी। चारों भाई वेदों का अध्ययन-अभ्यास करने लगे। कुछ समय बाद यहाँ भी उपेक्षा होने लगी। तब बड़े भाई ने यह सोचकर कि मरने से

सब कष्ट दूर हो जाते हैं, प्राण त्यागने का निश्चय किया। उसने गले मे फन्दा डाला और झूल गया। पर फन्दा टूट गया। वह अचेत हो गया। एक आदमी उसे पंखा झलकर होश में लाया। फिर उस व्यक्ति ने कहा—तुम विद्वान होकर इतने दुखी क्यों हो ? आदमी अच्छे कर्मों से सुख और बुरे कर्मों से दुःख पाता है। यदि तुम दुखी हो तो अच्छे काम करो। आत्महत्या से तो नरक ही मिलेगा।

इस घटना के बाद बड़े भाई ने छोटे भाइयों से कहा—मैं किसी तीर्थस्थान में जाकर तपस्या करूँगा। इससे मेरी सद्गति होगी और शरीर त्याग के बाद फिर कभी निर्धन नहीं होना पड़ेगा। इस पर छोटे भाई बोले—हम लोग संसार में कुछ गुण प्राप्त करें तो अच्छा हो। इस निश्चय के साथ चारों भाई एक नियत स्थान पर मिलने की बात कहकर चारों दिशाओं में चले गए।

कुछ समय बाद चारों भाई नियत स्थान पर ही मिले। उनमें से एक भाई यह विद्या सीखकर आया था कि किसी भी मनुष्य या पशु की हड्डी पर उस प्राणी का मांस बनाकर लगा दे। दूसरा भाई यह विद्या सीखकर आया था कि उस मांस पर वह उसके अनुसार चमड़ा और रोंआ उत्पन्न कर दे। तीसरा इतना होने पर प्राणी के अंग बना सकता था। और चौथा प्राण डाल सकता था। अपनी विद्या का प्रभाव देखने के लिए चारों भाई हड्डी ढूँढ़ने चल पड़े।

चारों भाइयों को एक हड्डी मिल गई, जो शेर की थी। एक भाई ने अपनी विद्या से उस पर मांस लगा दिया, दूसरे भाई ने चमड़ा और रोंआ पैदा कर दिया, तीसरे भाई ने शेर के अंग बनाए और चौथे भाई ने उसमें विद्या के बल से प्राण डाल दिए। प्राण पड़ते ही शेर गरजता हुआ खड़ा हो गया। उसने चारों भाइयों को खा लिया और जंगल में चला गया।

यदि जीवन में सुख नहीं है तो सीखा हुआ ज्ञान भी विपरीत ही सिद्ध होता है।

कहानी सुनाकर बेताल बोला—राजन्, अब आप बताइए कि शेर को बनाने का वास्तविक अपराधी कौन है। यदि जानते हुए भी उत्तर न दिया तो मेरा शाप याद रखिए।

राजा ने उत्तर दिया—शेर को बनाने का वास्तविक अपराधी वही है जिसने प्राण डाला। इसके पहले तीनों भाई यह नहीं जानते थे कि किस प्राणी

की हड्डी है। मांस, रोंआ और चमड़ा, यहाँ तक कि अंग बनने पर भी वह शेर नहीं था। पर जिसने शेर का आकार देखकर उसे प्राण दिया और जिलाया, वही वास्तविक अपराधी है। उसने वास्तव में ब्रह्महत्या की।

राजा के ऐसे सारगर्भित उत्तर को जब बेताल ने सुना तो वह फिर गायब हो गया। राजा उसे फिर खोजने चल दिए।

योगी क्यों रोया और क्यों नाच उठा

राजा को बेताल शीशम के पेड़ पर ही मिला। उन्होंने पेड़ से बेताल को उतारकर कन्धे पर रखा और चलने लगे। बेताल राजा को फिर कहानी सुनाने लगा।

कलिंग प्रदेश में शोभवती नाम की एक नगरी थी, जहाँ प्रद्युम्न नाम का एक राजा राज्य करता था। प्रद्युम्न के राज्य में सभी सदाचार के साथ रहते थे और किसी को कोई कष्ट न था। उसी नगरी में यज्ञस्थल नाम का एक मोहल्ला था जहाँ यज्ञसोम नाम का एक वेदज्ञ ब्राह्मण रहता था। यज्ञसोम अत्यन्त धनी था। वह अग्निहोत्री था और अतिथियों का स्वागत करता था।

युवावस्था के ढलने पर बड़ी मनौतियों के बाद यज्ञसोम को एक पुत्र हुआ। उसका नाम देवसोम रखा गया। पर विद्या और विनय से परिपूर्ण वह बालक जब सोलह वर्ष का हुआ तो उसकी मृत्य हो गई। यज्ञसोम पुत्र की मृत्यु से इतना दुखी हुआ कि उसने उसे सीने से लगा लिया और

अन्तिम कर्म के लिए छोड़ने को तैयार न हुआ। तब बड़े-बूढ़ों ने उसको समझाया—ब्राह्मण, तुम तो भूत और भविष्य के ज्ञाता हो। संसार क्षणभंगुर है। कितने ही बड़े-बड़े राजा यहाँ हुए, सुख भोगा और अन्त में उनकी भी मृत्यु हो गई। तब तुम इस शव को कलेजे से क्यों लगाए हुए हो।

बहुत अधिक समझाने-बुझाने पर यज्ञसोम ने शव को छोड़ दिया और उसे पालकी में रखकर लोग श्मशान ले चले।

श्मशान में पाशुपात मत का एक तपस्वी रहता था। उसका नाम वामपेदव था। वह भस्म लगाकर शिव जैसा ही लगता था। उस योगी का एक मूर्ख और दुष्ट शिष्य था। बाहर कोलाहल सुनकर योगी ने उससे कहा—जाकर देखो, यह कैसा शोर हो रहा है। दुष्ट शिष्य ने जवाब दिया—मैं नहीं जाऊँगा, आप ही जाइए। शिष्य का उद्दंडतापूर्ण उत्तर सुनकर तपस्वी ने उसे डाँटा। मूर्ख शिष्य तपस्वी को भला-बुरा कहता हुआ दंड कमंडल छोड़कर वहाँ से चला गया।

तपस्वी कुटिया के बाहर आया। उसने मृत बालक और रोते-कलपते हुए लोगों को देखा। वृद्ध तपस्वी ने बालक के शरीर में प्रवेश करने का निश्चय किया। वह एकान्त में जाकर पहले रोया, फिर नाच उठा और तब वह मृत बालक के शरीर में प्रविष्ट हो गया। ब्राह्मण बालक तुरन्त जी उठा।

ब्राह्मण पुत्र के जीवित होते ही सब आश्चर्य में पड़ गए। बालक ने सबको बताया कि स्वर्ग में पहुँचने पर शिव जी ने उसे नया जीवन दिया है और पाशुपात व्रत लेने को कहा है। यह कहकर उसने सबको वापस कर दिया और पुराने वृद्धावस्था के शरीर को एक खड्ड में डालकर तपस्वी बनकर कहीं चला गया।

कहानी सुनाकर बेताल ने कहा—राजन्, अब यह बताइए कि शरीर में प्रवेश करने से पहले योगी रोया क्यों और फिर क्यों नाच उठा। राजा ने उत्तर दिया—योगी रोया इसलिए कि जिस शरीर से उसने अनेक प्रकार की तपस्या की और जिसे कभी उसके माता-पिता ने पाला-पोषा था, उसी शरीर को छोड़ते समय उसे शरीर के प्रति मोह हो आया था। बाद में वह यह सोचकर नाच उठा कि नया शरीर पाकर वह और अधिक तपस्या कर सकेगा।

यौवन कौन नहीं चाहता !

राजा का तर्कपूर्ण उत्तर सुनकर बेताल कन्धे से गायब हो गया और राजा धैर्यपूर्वक उसे खोजने निकल पड़े।

कौन किसे क्या कहेगा

भयानक अँधेरी रात में भी राजा त्रिविक्रमसेन श्मशान से बेताल को फिर ले आए और कन्धे पर रखकर चलने लगे। बेताल बोला--राजन, अबकी में एक बड़ी कठिन कहानी सुनाऊँगा, सुनिए और बेताल ने यह कहानी सुनाई :

प्राचीन काल में दक्षिणापथ में धर्म नाम का एक राजा राज्य करता था। उसकी स्त्री का नाम चन्द्रवती था। उससे उसे लावण्यवती नाम की एक पुत्री उत्पन्न हुई। लावण्यवती अपने नाम के ही अनुसार बड़ी रूपवती थी। जब लावण्यवती विवाह के योग्य हुई तभी सजातीय लोगों के षड्यन्त्र से राजा को सिंहासन छोड़ना पड़ा। अपनी स्त्री और पुत्री को लेकर राजा चुपचाप राज्य से निकल गया।

राजा पत्नी और पुत्री के साथ अपनी ससुराल मालवा की ओर चला। रात में वह विंध्यपर्वत के जंगलों में पहुँचा। तीनों पैदल चल रहे थे। वे भी भीलों के गाँव में पहुँचे। भीलों ने जब राजा को देखा तो लूटने के उद्देश्य से आक्रमण कर दिया। सुरक्षा की दृष्टि से राजा ने अपनी पत्नी और पुत्री

को जंगल के अन्दर भेज दिया और भीलों से लड़ने लगा। पर राजा भीलों से जीत न सका। वह लड़ते-लड़ते मारा गया। यह देखकर चन्द्रवती और लावण्यवती जंगल के भीतर भाग गईं।

जंगल में आगे एक तालाब था। उसके पास ही अशोक वृक्ष के नीचे छाया में दुखी माँ और पुत्री बैठ गईं। तभी पास ही में रहनेवाला चन्द्रसिंह राजा अपने पुत्र सिंहपराक्रम के साथ घोड़े पर सवार होकर शिकार करने आया। धूल में पड़े हुए स्त्रियों के पैरों के राजसी लक्षणवाले चिह्नों को देखकर राजा ने पुत्र से कहा—हम लोग इन चिह्नों के पीछे-पीछे चलें। जब ये स्त्रियाँ मिल जाएँ तो उनमें से एक स्त्री से तुम विवाह कर लेना।

पिता की बातें सुनकर सिंहपराक्रम ने कहा—छोटे पैरोंवाली स्त्री मेरे योग्य है। पर बड़े पैरोंवाली स्त्री से विवाह करना आपके लिए उचित होगा। किन्तु पिता स्वयं विवाह करने को तैयार न हुआ। पुत्र ने बहुत अधिक समझाते हुए फिर आग्रह किया। तब पिता बड़े पैरोंवाली स्त्री से विवाह करने को तैयार हो गया।

चन्द्रसिंह और सिंहपराक्रम दोनों माँ और पुत्री के पास पहुँचे। पहले तो दोनों स्त्रियों ने इन्हें चोर समझा। पर जब विश्वास दिलाया तब उन्होंने पिता और पुत्र को सारी आपबीती सुना दी। राजा और उसका पुत्र दोनों ही चन्द्रवती और लावण्यवती की यह दशा देखकर दुखी हुए। दोनों ने उन्हें समझाया-बुझाया तथा सहानुभूति दिखाई। पिता पुत्र ने मीठी-मीठी बातों से उन्हें अपने अनुकूल भी कर लिया।

जब माँ और पुत्री अनुकूल हो गई तो छोटे पैरवाली अर्थात् माँ से पुत्र सिंहपराक्रम ने विवाह किया और बड़े पैरवाली अर्थात् पुत्री से पिता चन्द्रसिंह ने विवाह कर लिया। पैरों की गड़बड़ी से इस प्रकार का सम्बन्ध हुआ।

कुछ समय बाद पिता और पुत्र दोनों को अपनी-अपनी स्त्रियों से सन्तानें हुईं और फिर उन सन्तानों को भी सन्तानें हुईं।

इतनी कहानी सुनाकर बेताल ने राजा से पूछा—अब यह बताइए कि पिता और पुत्र तथा माँ और पुत्री की इन सन्तानों के आपस में सम्बन्ध क्या होंगे ? ये सन्तानें आपस में एक-दूसरे को क्या कहेंगी ? यदि जानते हुए भी आपने सही उत्तर न दिया तो मेरे शाप से आपके सर के सौ टुकड़े हो जाएँगे।

राजा ने इस प्रश्न का उत्तर बहुत सोचा, बहुत सोचा। पर कुछ समझ में नहीं आया। वह बेताल को धैर्यपूर्वक कन्धे पर रखे हुए आगे बढ़ता गया। तब बेताल ने सोचा—राजा बड़ा पराक्रमी है। भिक्षु इसके साथ चालाकी चल रहा है। इसलिए यह उचित होगा कि भिक्षु की सिद्धि राजा को प्राप्त करा दी जाए। ऐसा सोचकर बेताल ने फिर राजा से कहा—राजन्, आपने इस भयानक रात में बहुत कष्ट उठाया है। मैं प्रसन्न हूँ।

बेताल ने फिर बताया—आप जिस शरीर को लेकर चल रहे हैं, दुष्ट भिक्षु उसमें मेरा आवाहन करके मेरी पूजा करेगा। तब वह आपसे साष्टांग प्रणाम करने को कहेगा और उसी समय वह आपकी बलि चढ़ा देगा। इसलिए जब वह साष्टांग प्रणाम करने के लिए कहे, आप उससे प्रणाम करके दिखाने को कहें फिर जैसे ही वह साष्टांग प्रणाम करे, आप उसकी ही तलवार से उसका सिर काट दें। भिक्षु की बलि हो जाने पर आपको पृथ्वी पर असीमित सुख मिलेगा। यदि ऐसा न किया तो भिक्षु आपकी बलि चढ़ा देगा।

इस प्रकार राजा को अशीर्वाद देकर बेताल राजा के कन्धे पर के शव से चला गया। राजा शव को लेकर भिक्षु क्षान्तिशील के पास पहुँचा।

बेताल की विदाई

राजा त्रिविक्रमसेन शव को लिए हुए भिक्षु क्षान्तिशील के पास आया। क्षान्तिशील श्मशान में पेड़ की जड़ पर बैठा राजा का इन्तजार कर रहा था। उसने पूजा स्थल को रक्त से लीपा था और हड्डियों के चूरे से चौक पूरा था। चौक के चारों ओर रक्त से भरे घड़े रखे थे।

जैसे ही राजा पहुँचा, भिक्षु प्रसन्न होकर खड़ा हो गया। उसने राजा की बड़ी प्रशंसा की। वह बोला--राजन्, आपने मेरे ऊपर बड़ी कृपा की। ऐसे भयानक समय में भी आप अडिग रहे और परोपकार किया। बड़े लोग जो काम उठा लेते हैं, उसे पूरा करके ही दिखाते हैं।

भिक्षु ने शव को स्नान कराकर चन्दन का लेप लगाया और फूलों की माला पहनाकर चौक में रख दिया। फिर स्वयं कफन ओढ़कर ध्यान में डूब गया। अनन्तर शव को मांस की बलि देकर उसने राजा से कहा—महाराज, धरती पर लेटकर देवता को साष्टांग प्रणाम करें। राजा को बेताल की बात याद आ गई। उन्होंने कहा--मैं प्रणाम करना नहीं जानता। आप प्रणाम करके

बताइए।

क्षान्तिशील जमीन पर जैसे ही लेटा, राजा ने उसका सिर काट दिया और उसका हृदय और मस्तक बेताल को समर्पित कर दिया। बेताल ने सन्तुष्ट होकर कहा—यह भिक्षु इन्द्र पद की कामना कर रहा था। अब यह स्वर्ग जाने पर आपको मिलेगा। आपने बहुत कष्ट उठाया। यह कहकर बेताल योगबल से मनुष्य शरीर छोड़कर अपने लोक में चला गया।

बाद में स्वयं शंकर जी भी देवताओं के साथ राजा को आशीर्वाद देने आए। उन्होंने कहा—तुमने धूर्त तपस्वी को मारकर अच्छा काम किया है। वास्तव में दुष्टों को मारने के लिए पहले मैंने विक्रमादित्य के रूप में तुम्हें जन्म दिया था। संसार की बुराइयाँ शान्त करने के लिए ही अबकी तुम्हें त्रिविक्रमसेन के रूप में संसार में भेजा। अब तुम सुखपूर्वक पृथ्वी पर शासन करो और फिर स्वर्ग में मेरे पास आना। तब फिर शंकर जी ने राजा को 'अपराजित' नाम का वह खड्ग दिया जो सब प्रकार के सुख पाने में सहायक बनता है।

शंकर जी खड्ग और आशीर्वाद देकर अन्तर्ध्यान हो गए। तभी सवेरा हुआ। सारे काम समाप्त कर राजा अपने नगर में लौट आया। जब प्रजा को घटनाओं की जानकरी हुई तो सभी बड़े प्रसन्न हुए और नगर में सबने उत्सव मनाया।

राजा त्रिविक्रमसेन ने बहुत समय तक सुखपूर्वक राज्य किया। अन्त में वे स्वर्ग पहुँचे। बेताल पचीसी के द्वारा बेताल ही नहीं, राजा त्रिविक्रमसेन भी अमर हो गए'

●●●